星になって

青山すすむ

海鳥社

装丁・新谷コースケ

星になって◉目次

プロローグ

ぬくぬくとした温《ぬく》もりを胸に、ミヤ子は我が家の石段の下まで帰って来た。いつもならさっさと石段をのぼってゆくところだが、この日はちょいとばかり様子が違った。足の運びを止めて、眼だけを石段にのぼらせる。

石段の中段、五段目あたり左手にある石垣の側壁上で、いつの間にやら今年も桃の木がちらほらと花を咲かせている。

「――そうか、春がもうすぐ近くまで来ているんだわ。山に来て、里に来て、そして――この高山家にも」

胸の温もりをポンと叩いて、ぽそぽそつぶやきながら、ミヤ子は石段を一段一段とゆっくりのぼってゆく。

家の縁《えん》台の方から、ワイワイと賑やかな声が聞こえてきた。――兄弟たちの声――。

ミヤ子の足が急に忍び足になった。腰をかがめてそうと縁に近づいてゆく。

弟たちが四人、全員そろって縁に集まり、何やらの遊びをしている。夢中になっているため、ミヤ子がすぐ傍《そば》まで近づいているのに気がつかない。

首を長くのばして、ミヤ子はのぞいて見た。あやとり遊びだ。むずかしい橋がいまにもでき上がろうとしている。ニヤリと笑って、ミヤ子はことばかりに吠え上げた。

「ワンっ！」

『ワァッ‼』

ビックリ仰天四人は驚いた。手をバンとハネ上げ、同時にとび上がった糸――あやとり糸が、ただの輪になって宙で舞う。

「な~んだ姉ちゃんかー」

「んもう、ビックリさせてからにもう」

ぶつぶつ言いながら、ミヤ子をキッとにらんで、四人は再びあやとり遊びを再開しようとした。と手持ちしていたひとりが、声より先にミヤ子にとびついた。

「犬だっ！」

兄弟五人は庭に出た。かわるがわるに仔犬を抱いて、薄らいできた空にキャーキャーと、歓喜の声をあげる。

――一体なんじゃろう？　庭が急にやかましくなったが……。

夕飯の支度をしていたタギは、子供達の騒ぎようがちょいと気になった。急いで一区切りをつけて庭に出た。子供が仔犬を抱いてはしゃいでいる。

「ありゃまっ、犬ッコでねぇか。おうおうまたもどらしい顔をして――」

腰を落としてちこりと見たあと、タギは仔犬を抱き取り、今度は持ち上げてとくと見た。

――小麦色のめす犬だ。

「ミヤ子、この犬はどうしたんじゃ？」

赤ん坊をあやす時のように、仔犬をヨイヨイしながらタギは訊く。

「――貰ってきたと。仕事からの帰りに、小学校の時の同級生と偶然に会って」

「ほう、貰ろうてきたか、貰ろうてのう……」

話の途中でミヤ子の口をさえぎって、タギは早々とこたえに結着をつける。

子供達は、タギのまわりをぐるりと囲み、「仔犬を飼おう」という、鶴《つる》の一声を祈るような瞳《め》でじーと待つ。

タギはそんな願いを知ってか知らじか、なかなかにこたえを出さない。子供達の空気がざわめきだした頃、ようやく仔犬を天高くに持ち上げた。そしてこれ以上ないといった実にすました顔で、さも当然といったふうにひと声のたもうた。

「家《うち》にまたひとり、利口そうな子供ができよったのう」

ともだち

仔犬は「エル」と命名されて、すくすくと育っていった。遊び仲間も徐々に増えてゆき、納屋の同じ一つ屋根の下に住んでいるうさぎや鶏《にわとり》たちともすぐに仲良しになった。またこれらの仲間とは別に、夜だけのともだちもできた。

このともだちは、日が沈むと、家のすぐうしろ側にある裏山《うらやま》の方からふわりと飛んでやって来る。ずんぐりとした体に、顔を平ぺったくした漫画のような顔――ふくろう、である。

ふくろうは、やって来るといつも決まったように同じ場所に止まる。裏山ののぼり口に立っている小さな木の上だ。どうやらそこがお気に入りの場所であるらしい。

エルは、ふくろうをはじめて見た時こそ、一風変わった大きな鳥にビックリしたような顔をしていたが、次の日には早くも自分の方から話をしかけてゆくようになった。

ふくろうもまた、そんなエルが気に入ったのだろう、毎日欠かさずきちんとやって来る。

いつしかエルは、日が暮れはじめると、裏山の方を仰いでそわそわするようになった。

ふくろうは、その期待を裏切ることなくやって来ては、日ごとに大きくなってゆくエルを見て、いかにももっともらしく、「ホォー、ホォー」と感心したような声をあげてやる。

やはり裏山からで、こちらは迷惑千万この上ないともだちも時々やって来るようになった。

このともだちは、のそり、のそりと長い土の階段を、まるで時の流れなど関係なしといった顔で、一歩一歩にゆったりと時間をかけて、エルをからかいたさに下りて来る。たら〜りたらりと、全身に油汗をしたたらせまでして──。

この者、その身体《ナリ》はふくろうに勝《まさ》るとも劣らぬ程にでっぷりとして大きく、背中には無数のイボをたくわえ、その威厳たるや見る者を圧倒し、さすがの蛇《へび》でさえもが、尻尾を巻いて逃げ出すほどの迫力《はくりょく》を十分過ぎるほどに備え持っていた。──いわずと知れたがまサマ、である。

がまがやって来ると、タギはそのたびに子供やエルに、口をすっぱくしてたしなめた。

──がまに悪さをすると、罰《ばち》が当たって自分もイボをもらう事になるからな、と──。

エルは、タギに言われなくても、はじめっからそのつもりはなく、どころかがまが近寄ってくると、恥も外聞もなく変な声を張り上げて、繋いでいるヒモがちぎれんばかりに逃げまどった。

屋根の骨組みが枠にのせられて、エルの家――新居の輪郭《りんかく》がようやく見えて来た。

長男の正男《まさお》と次男の浩二《こうじ》とが、額《ひたい》に汗して作っている。これから先もさらにエルが大きくなってゆくのをみこして、かなり大き目に作られている。それがどうやらお気に召したらしい、エルは尻尾をぷりぷり振りながら、大いに満足といった顔で正男と浩二のまわりをくるくるとまわっている。

「うふふふ……」

末っ子の悟《さとる》が急に笑いだした。

「何《なん》ねまた……？」

と友子《ともこ》。悟より二つ年上の八歳で、次女である。二人は縁台に座って、エルの新居ができ上がってゆくのを、はじめからずうっと見物している。

「見てっ、あのエルの嬉しそうな顔。まるで子供の顔や」

「バ〜カ。エルはもともとが、まだ生まれてから間もない子供やないね」

「あっ、そうか」

「あんなに動きまわって、エルは汗を掻《か》かんのやろか」

「ぷふっ」

吹き出したのはタギだ。二人のうしろに立って、手には盆を持っている。

「正男に浩二、ちょいと一休みでもして、お茶にせんかえ」

タギの呼びかけで正男と浩二が縁に腰を掛け、親子五人でのお茶の宴《えん》がはじまった。長女で一番年上のミヤ子は、父の菊蔵と共に朝の早くからどこかに出かけて、ここには居ない。

エルは、この宴には加わろうとせず、完成ま近になった小屋の傍《そば》にくっついたままでいる。時々、小屋の中を出たり入ったりしては、そのたびごとに縁の方にチラリと目を向けている。

「エルの奴、こりゃまた大した役者やぞ」

にやりと笑って、正男がちょいと意味あり気なことを言いだした。

意味が分からず、隣に座っている浩二が首をひねる。

「こりゃあ、エルはなかなかに一筋縄でゆくようなタマではないぞ」

さらに意味深なことを続けて、正男は、浩二だけでなく、まわりの者の頭の中まで混乱させる。

「これ正男っ、ごちゃごちゃ御託《ごたく》を並べんと、皆に早よう役者の意味《わけ》を言って聞かせんかえ」

こたえが出てこないタギが、うしろからじれったそうに急《せ》きたてる。

(まっ、そんなにあわてなさんなって)

正男はエルに目を向けたまま、じーとその機会を待つ。

「あっ、ほら、あれを見ててん」

あごをしゃくって、正男は皆の眼をエルにもってゆく。——エルは小屋の中で寝ころび、さも心地よさそうにごろりごろりと寝返りをくり返している。

「あのエルの目や。目の動きをようく見ろ」

エルに聞こえないように、正男は声をひそめて小声で言う。

「みんな見たやろう、こちらをチラリと見ちょる眼を——。あのチラリ眼が役者の証拠なんや。エルは自分が喜んでいる姿を俺達に見てもらいたいために、ああしてわざわざ大袈裟《おおげさ》な芝居《しばい》を打っちょるんや」

「ほほう、してまたなんでエルがそんな芝居をせにゃならんのじゃ？」

兄貴風を吹かせまくる正男に苦笑いしながら、タギは訊くというよりも聞いてやる。

「エルは待ちに待った自分の城が持てるという事で、それはもうたまらんごと嬉しいんや。そこでエルは考えたんや。自分ひとりだけが喜ぶのは俺達に対して申し訳がないとの」

年下の兄弟三人は、正男のもっともらしい話の中に引きずり込まれて声も無い。

「ほらっ、親が子供に何か物を与えてやると、子供はそれを喜んで貰うやろ。親はその喜ぶサマを見て、また自分も喜ぶ——。エルはそこんところをちゃ〜んと知っていて、俺達を喜ばせるために、ああして大袈裟に喜んで見せちょる——とまあこんな訳や」

（正男め、子供のくせしてよくもまあ、シャーシャーと大人びたことを抜かしおって……）

呆れたような、感心したような目で、タギはあらためて正男の背中をじっくりと見た。

――いつの間にやら、がっしりと肩が張り、いくら育ち盛りとはいえ、早くも大人の仲間入りしたような身体つきになっている。

（そうか、正男はもう十六歳になっとるのか……。ちょいとばかり、歳にしてはませとる気がせんでもないが――。それに……浩二が十二歳か。子供の成長は早いというが、ほんにもってそうじゃわい……）

「おいっ」

声を抑えて、正男があごを動かした。

「エルが芝居をしていた事を、いまから俺がとくと証明してみせるからな」

正男はエルを呼んだ。エルは小屋の中で仰向けになって寝ていたが、起き上がると、正男の足もとまできてきちんと正座した。

「おう、エルっ」

ニタリと笑って、正男は言いだした。

「お前に一つ聞きたい事があるんや。もしそれが本当だったら、そのとおりだワンと、一発こっきりでこたえろよ」

なんなりと――そんな顔でエルは、ピーンと耳をはね上げる。

正男はエルの耳に口を近づけると、自慢のあごをのうのうと叩きだした。すべり出しはしごくおしとやかに、そして途中からは声のボリュームを徐々に上げ、いよいよ最後の仕上げは、怒鳴り上げるようにして言った。

「こうりゃエル、お前が芝居をしている事は、はじめっからちゃ〜んとお見通しやったんだぞ。さも嬉しそうに小屋を出たり入ったりしていた時からな。あれは俺達を喜ばせるための猿《さる》芝居なんだとな。どうじゃエルっ、ズバリ――そのとおりやろがっ！」

「ワン！」

たまらずエルは、一発こっきり声を張り上げた。他の四人もがこれまたエルにつられてビクンとあごをはね上げる。誰もが、正男の手の込んだというより、声の込んだ芝居にのせられて、すぐには真実の世界にもどれない。

「うっそう……やろう……」

エルは、バカバカしいとばかりに正男のもとから離れると、小屋の屋根に両手をのせて、縁側をキッと睨んで怒りの声をぶち上げる。

「ワン、ワワンっ」

「ほうれみい正男、エルが背をそっくり返して、早よう小屋を作れと怒鳴っとるわ。それになんじゃ、お前はエルが一筋縄で行くような犬ではないと言うとったが、お前ほどではないにしろ、それはどうやら当たっていそうじゃな」

口もとを手でかくしてさり気なく、タギはちょびりと皮肉をたれてやる。

ついにエルの新居が完成した。頑丈《がんじょう》な作りだ。それに見てくれも良い。入口上部には、横書きで黒々と小屋名が書き込まれている。その名も、正男のあごをちょいと拝借すれば、豪《ごう》華絢爛《かけんらん》――《エルの城》。

草木も眠る丑《うし》三つどき――。

突然、エルがけたたましい声を張り上げた。

――何事!?

菊蔵とタギが布団《ふとん》からとび出し、少し遅れて、ミヤ子と正男も起き上がった。

――泥棒か……?

四人は家の中を調べてまわった。が、どこにも変わったところはない。菊蔵と正男は家の外に出た。菊蔵は木刀を手にし、正男も棍棒《こんぼう》と提灯《ちょうちん》の明かりを両手に持った。

二人は家の周囲をくまなく探し、納屋の中まで丹念に見てまわった。しかしどこにも何らの異常も見当たらなかった。

エルは鳴りこそひそめてしまったが、それでもまだにぶつぶつと何かを訴えかける。

「よしよし、エルよくやった。もう泥棒はここにはおらん。お前に吠えまくられて、泡《あわ》を喰らって逃げていったんやろ。お前に懲《こ》りてもう二度とやって来んがな」

エルの前に座って、正男は番犬の労をねぎらってやる。

エルは二声三声吠え上げて、ただ無念そうに動きまわる。

翌早朝――。

高くひろく張られた金網《かなあみ》の前に、一家の全員が集まった。呆然《ぼうぜん》と金網の中を見つめたまま、誰一人として声も無い。

金網――鶏たちを青天井《てんじょう》の下で遊ばせるために作られたもので、鶏小屋から外に向かって、それなりのひろさに張りめぐらされている。その中で風はそよとも流れていないのに、散乱した無数の羽がふわふわとゆれ動いている。昨夜何者かに襲われて、無残にも犠牲になった鶏の羽だ。羽は遊び場の四方に散らばり、一部は金網にもへばり着いている。

「――これは、いたちの仕業《しわざ》じゃ」

腕を組んだまま、菊蔵がぼそりと言った。

「おでえ（恐ろしい）事になったもんじゃのう」

横からタギが、田舎である大分弁で、ため息まじりに相槌《あいづち》を打つ。

「奴は味をしめて、また近いうちに必ずやって来《き》おるぞ」

「――でも、手の打ちようがないし、一体どうしたもんかいのう」

いたちの怖《こわ》さをよく知っているだけに、タギは目の前の出来事で青くなっている顔をますます青くさせる。

「今日から早速、夜になったらエルを自由の身にさせてやれや。少しは番犬として役に立つかもしれん」

「おぉ！　そうじゃったわ。エルがおったわエルが——」

花が咲いたように、タギの顔がパッと明るくなった。

（エルかぁ……）

頭の中をもや〜とさせたまま、正男はうしろをふり返ってエルを見た。——小屋の前に座って、しょんぼりと肩を落としている。

（——そうだったのか。昨夜鶏小屋の方に目を向けて、さかんに変な声を出しちょったのは、あれは鶏が殺られたための悔しい声だったんだ——）

やっとに正男は気がついた。

「エル、ともだちがひとり殺られてしまって残念やな。相手はいたちといって、凶暴きわまりない奴なんや」

エルの前に座って、正男は話しかける。

「いたちは味をしめて、また襲って来るらしいんや。その時この敵《かたき》は俺が何がなんでも……いや、俺とお前で絶対にとってやろうじゃないか、なあおいっ」

ポンとエルの肩を叩いて、正男はエルに、ヤル気と元気を奮い起こさせてやる。

数日後の深夜――。

またまたエルが、すさまじい声で異変を報《しら》せてきた。

「来たな‼」

正男はガバととび起きた。素早く服を身にまとって縁に出る。前もって用意していた、箱形の自家製提灯に火を点《とも》し、急ぎに急いで庭に打って出た。

「ワン、ワワンっ！」

庭の中央で、エルが気ぜわしくとび跳ねながら、あらあらしい声を張り上げる。

「おぅエル、奴がやって来たか？」

それにはこたえず、エルは正男を導くように納屋の中に走り込んでゆく。

（もしかしたら――）

ドキドキと正男の胸が高鳴りだした。暗くて狭い納屋の中を提灯の明かりを頼りに、そろりそろりと進んでゆく。

前方で何やら音がする。鶏小屋の方からだ。

（やはり――）

顔を真っ赤にさせて、正男はついに、薄明りの下でそいつの正体を見た。そこには針金作りの檻《おり》が置いてあり、その檻の中から逃げ出そうと、必死に暴れもがいている憎《に》っくきいたちめを――。

「おっ、おいエル、つっ、ついにやったぞ」

「ワッ、ワッ、ワワン！」

結構エルも興奮しているらしい、正男につられて、したたかに舌を噛む。

「このバカちんめがっ。まんまと罠《わな》に嵌《は》まりやがって。そんなに暴れまわったところでもう逃げられはせんわい」

先日の鶏の敵《かたき》を討ってやろうと、正男は友達から罠を借り、その夜に早速仕掛けて、いまかいまかと待ち受けていたのだ。

「このひょうろくだまの、へちま野郎めがっ。ざまぁみやがれってんだ」

悪態雑言《ぞうごん》はとどまるところを知らない。正男はもう少し毒づいてやろうと、さらに一歩足を檻に近づけようとした。と、いきなりうしろから声がとんできた。

「動くなっ」

背中をビクリとさせて、一瞬正男は身体を凍《こお》らせた。ゆっくりと提灯をうしろ側に持ってゆく。目の前に、菊蔵が立っている。

「うかつにいたちに近づいていったら、臭《くさ》い屁《へ》をまともに叺《かま》されてしまうぞ。〝いたちの最後っ屁《ぺ》〟というもんがあるからの」

（へぇ、いたちが……屁を叺すのか……）

中腰のまま、正男は変なところで、いたちの「かくし芸」に感心する。

「こりゃ正男、ぼうとせんと早く罠を納屋から外に出してやれや。いたちの暴れる音で、鶏どもがよう眠れんわい」

正男は庭の中央まで檻を持ち出すと、そこに提灯と一緒に置いた。少し離れて、正男とエルが肩を並べて座り、二人で捕えたいたちを、ぞくぞくしながら見る。

「正男よい、これで有頂天になったらつまらんぞ。そのうちにまた次の奴がやって来るかもしれんからの」

二人のうしろから、菊蔵が自分にも言い聞かせるようにして言う。

「また次のいたちが……」

「そうじゃ、〝いたちごっこ〟という言葉があるとおり、いたちはしぶとくて、なかなかにケリがつきよらん」

(いたちごっこという言葉はよく耳にするが、でもこれは正真正銘《しょうしんしょうめい》、本物のいたちごっこではないか……)

「まぁ、そんなに心配する事もなかろう、今日みたいに、エルがしっかりと番をしてくれるからのう、のうエルよい」

エルの頭をぐりぐりと撫でまわして、菊蔵はさも清々したように家の中に引き上げてゆく。

「エル、一丁《いっちょう》上がりやな」

「ワンっ！」

小気味よく一発、エルはあごをハネ上げる。

エルの反応のよさに、少々正男はおどろいた。テンになった目で、エルの横顔をのぞくようにして見る。――ペロリと舌を出して、明後日《あさって》を見るような顔をしている。

「うふふふ……。こいつめ……」

とぼけたような顔に、正男は急に可笑しくなった。エルの頭をペチペチと叩いて、大いに笑ってやる。

「さ～てと、このままお前につき合っていたら夜が明けてしまうわい。俺もこの辺で引き揚げるとするか」

提灯を手にして立ち上がると、正男は大きく背をそらせて、深夜の空を仰ぎ見た。大空いっぱいに散らばった無数の星が、キラキラと煌《きら》めきまたはチカチカと瞬《また》いている。

「今日の星は、また一段と美しく輝いちょるわい。エル、気をつけろよ。星があまりにも輝き過ぎて、もしかしたら星のかけらがコチンと頭に落ちてくるかもしれんぞ。そうなったらお前もが、このいたちのように痛《いた》っ血《ち》になってしまうからな」

くさい落ちを一発叺して、正男は明かりと共にゆらゆらと消えていった。庭は、エルといたちの二人だけの世界になった。

――鶏ちゃんの生命《いのち》を奪った……このへちま野郎――。姿格好も相当に悪いが、人相もまたそれ以上に悪いわネ。

チクチクと眼でいたぶりながら、エルは這いつくばってあごを地面に落とすと、飽《あ》くこともなく「へちま野郎」を星たちと共に見た。

「エル、祖父《じい》ちゃんとこに遊びに行こっ」

首輪からヒモを外しながら、悟はエルを誘った。

「ワン！」

かるく声を上げて、エルは「了解」と言う。祖父ちゃんとは、菊蔵の父親のことで、名前を小太郎《こたろう》という。エルは、小太郎の家には何度も行って、よく可愛いがられているせいか、祖父ちゃんと聞いただけで、いつもとびっきりとよい返事を返す。今では人間の言葉もそれなりに覚え、会話も多少は交《か》わすまでになっている。

小太郎は、裏山に麦藁《むぎわら》屋根の小さな小屋を自分の手で建てて、家族の者に反対されながらも一人でそこに住み込んでいる。

「畑の見張りじゃ」と小太郎は頑固《がんこ》なまでに言い張る。

そんなの負け惜しみじゃ――。

家族の者は、内心そう思っている。しかし小太郎の心情がようく分かるだけに、困惑しながらも、小太郎の言いなりにさせている。

小太郎は、ある事業を起こして成功し、それなりの財を築き上げた。ところがこれだけではもの足りず、畑違いともいえる分野にまで手をひろげだした。

危ない橋は渡るべきではない――。

周りの者は強く諫《いさ》めた。しかしワンマンな小太郎は、強引に自分の野望を強行した。案の定《じょう》――事業は見事に失敗し、一夕《いっせき》にしてすべての財産が水の泡《あわ》と化していった。

それ以来、小太郎は裏山にひきこもり、うつうつと晴耕雨読《せいこううどく》の世界に甘んじている。

裏山へ行くには、納屋の右端にあるうさぎ小屋の前を通り、くの字に折れまがった土の階段を二度ほどくり返してのぼってゆく。のぼりきると、さして広くもない畑地に出る。畑は、この山の麓《ふもと》の住民が山を切り拓《ひら》いて作ったもので、麦や野菜などを栽培し、日々の食料不足の足しにしている。

高山家の畑は少しばかり歩いた処にあり、小太郎の小屋は、その畑からすぐ近く、林の中に身をひそめるようにしてあった。

「ワン、ワンっ」

入口の前で、いつものようにエルが「遊びに来たヨ」と呼びかける。

「おうおう、来たかエル」

小太郎は横になっていたが、エルの声で起き上がると、目を細めて入って来いと手で招く。

エルは尻尾をぷりぷり振りながら、慣れた所作で小太郎に鼻をすり寄せてゆく。

「おうヨシヨシ、お前はいつもながら、元気いっぱいでよいのう」

エルがすっかり大きくなっているため、小太郎は以前みたいに抱き上げたりはしないが、それでも頭だけはしっかりと撫でてやる。

「お前達は会うたびに大きゅうなっとるが、悟は、いま何歳になったんじゃ？」

「六歳」

両手を上げて、悟は指を六本つき上げる。

「ほほう、もうそんなになるのか。まだに寝しょん便をたれておるんじゃなかろうのう。ん、どうじゃ？」

悟の坊主頭に手をのせて、小太郎は目で笑いながら、悟の顔を横からのぞき込む。

「――ねっ祖父ちゃん、今日の夜、みんなでほたる狩《が》りに行くとよ。だからほたるかごを作ってぇ」

「おりょりょ、こいつめ、話を急に横にそらしおったわい。さては、まだに寝しょん便をたれとるな」

エルは、二人の話を聞いているのかどうか、腹這いになって両手を前にのばし、その上にあごをぽちょりとのせている。くつろいでいる時によくするポーズで、まさにいまがその時《と》間《き》であるらしい。

「おうよしよし、お前の頼みとあらばむげにことわるわけにもゆかんじゃろう。早速作ってやるとするかのう」

毎日が退屈な日々だけに、小太郎は二つ返事で、それもよろこんで引き受けてやる。腰をのばしのばし物置から麦藁《むぎわら》を一束《ひとたば》かかえてくると、早くも小太郎はほたるかごの製作に取りかかった。

「悟よい、ようく見とれよ。このかごはでき上がったら――魔法の玉手箱になるからの」

慣れた手つきで小太郎は、手ぎわよく麦藁をあやつってゆく。悟は傍から黙ってじーと見る。

かごが半分くらいでき上がってきた。

「のう悟よい」

かごに目を落としたまま、小太郎は悟に話しかけた。が、返事がない。

「こりゃ、さとっ……」

手を休めて、小太郎はもう一度声をかけようとした。が途中でぐいと言葉をのみ込んだ。

それもその筈、可愛い孫は――

ぽわりぽわりと　鼻ちょうちん点滅させて
ゆらりゆらりと　小舟をこいでいる

苦笑いしながら目を移して、小太郎は次にエルを見た。

いつの間にやら横になり
手足をしっかりのばして
スヤスヤと眠っている

（二人そろって、まぁ、なんとも平和なことよのう……）

悟とエルの寝顔に目をうばわれて、小太郎はしばしの間、手を動かすことをつい忘れてしまう。


「こうりゃ悟、起きれい。魔法の玉手箱ができ上がったぞ」

にやりとあごをゆがめて小太郎は、麦藁のゆりかごの中から悟をひきずり出してやる。

ほたるかごは、とんがり柿のような形をしていて、大きさを少し太目にした位だ。ぶら下げられるようにと、編《あ》んだヒモが上部に取り付けられている。

「あれれ……？　？……」

首をひねりながら、悟は手の上で何度もかごをころがすようにして見た。しかし、魔法がなかなかに解けない。とうとたまらず小太郎に聞いた。

「このかご、どこにも扉が無いけんどが、捕ったほたるはどこから中に入れるん……?」

悟が戸惑う事は重々承知の上だったのだろう、小太郎は笑いながらかごに手をのばすと、実際に指を使って実演して見せる。

「ほたるは――こうして藁と藁の間にすき間をつくって、ポイと押し入れるんじゃ」

「あれっ、じゃあ、ほたるをかごの中から外に取り出すときは……?」

「そうじゃのう、かごをくずさねばならんかのう」

わざとに小太郎はさらりと言う。悟は口をぽかりと開けて、干《ほ》し柿みたいな小太郎の顔をただぼうと見る。

「のう悟よい」

起き上がってきたエルの頭を撫でてやりながら、小太郎は悟が思いもしないようなことを言いだした。

「ほたるは、棲《す》んでいる場所に行って、そこで見て楽しむものなんじゃ」

「……!?」

「ほたるはのう、たったの数日間でもう死ぬるんじゃぞ。可哀そうだとおもわんか――。ほたるは捕るもんじゃない」

この機会を幸いに、小太郎は、ほたるだけに限らず、他の生物までもを大事にせよと諄《じゅん》々《じゅん》と説いて聞かせる。

「まっ、せっかくに作ったんじゃ。ほたるは二、三匹も捕ったらそこでやめにせえよ」

説教がかなりキいたのだろう、悟は素直にこくりとうなずいた。


その日の夜――。

早速に、四人はほたる狩《が》りに出かけた。浩二と友子と悟にエルだ。

浩二は、小竹の先っぽに笹《ささ》の葉を少しだけ残したものを持ち、悟は、小太郎から作ってもらったかごを手にぶら下げている。

めざすは黒川《くろかわ》の辺《ほとり》――。

家並みを過ぎた頃から薄暗くなり、そう遠くと歩かないうちに、前がほとんど見えなくなってきた。道が細くなってきたため、三人は一列縦隊を組んで進んでゆく。陣頭指揮をとるのは、このあたりの地理に詳しい浩二。

エルは、さしずめ三人の護衛《ごえい》役といったところか、夜ならおまかせとばかりに、三人の前後をいったりきたりする。

ほたるの里までもう少しとなった。浩二がごく自然に唄いだした。何度も何度もくり返して唄う。

ほう　ほう　ほたる来い
ちいさなちょうちん　さげて来い
星の数ほど　とんで来い
ほう　ほう　ほたる来い

友子と悟がぼちぼち唄の中に入ってきて、やがて四人での大合唱となっていった。

運命の日

吉村源二《げんじ》――。通称は源《げん》。

日下売り出し中の男である。周りの者は「源鬼《げんき》さん」とも呼ぶ。

源は、最初仲間から「げんきさん」と呼ばれた時、自分の通称名である源と、元気の元をもじって、「元気さん」と呼ばれているものと勝手に思い込み、気軽に相槌《あいづち》を打っては日々を送っていた。

ところが数日後、鬼《おに》の意味での「源鬼」である事が分かった時、さすがに源もあっと驚いた。が、もうあとの祭り、とうと鬼での源鬼がそのまま根付いてしまった。

源の家に、仲間が三人一升瓶を手みやげにやって来た。源と三人は戦友であり、またよき飲み友達でもあった。四人が四人、そろいもそろって一癖も二癖もある連中ではあったが、なぜか不思議と馬が合った。

四人は時々どこぞに集まっては、己《おのれ》の腕を競い合い、それが終わると安酒を酌《く》み交わし、手拍子で蛮声《ばんせい》を張り上げるなどして、せちがらい世の中をなんとかやりくっていた。

またそれ以外でも、それぞれが役割を担《にな》って闇市を駆けずりまわり、お互いの生活を助け合ったりもしている。

四天王——。

周囲の者はこの四人のことを、羨《うらや》むようにそう言う。たしかにこの四人は、そういわれてもおかしくないほどに強者《つわもの》ぞろいではあった。その中でも源は群を抜いて強く、三人からは格上の人として、一目《いちもく》も二目も置かれていた。

四天王は、いつものようにあぐらを組んで、和気あいあいの酒盛りをはじめた。酒の肴《さかな》はいりこだけである。がそんな事はどうでもよかった。酒が呑めること事態が、すごく贅沢《ぜいたく》だったのだから——。

酔いが少々まわってきたところで、四天王は、恒例行事の一つになっている強豪の噂話に入った。

「ちょいと、おもしろい話を耳にしてきたんやけれども――」

銀ぶちのめがねをかけた者が、目をギョロリとさせて話の口火を切った。

「すごく強い奴が、緑が丘におるばい」

――なんじゃと‼

聞き捨てならんとばかりに、三人がいっせいに銀ぶちめがねに目を向ける。

銀ぶちめがねは、まるで虎《とら》の児でも捕ってきたかのように、鼻息もあらく、のうのうとしゃべりだした。

「この話は又聞《またぎ》きなんやけれども」と前置きした上で、その男の名前や素性、戦法、戦歴、さらには住所までもを、よくぞここまで聞き込んできたなと感心するほどに、じつにこと細かく話して聞かせた。

――う～む……。

唸《うな》るだけで、誰一人口を開こうとしない。時々手酌酒をする音がやけに大きくひびくだけで、それも破れ障子《しょうじ》のすき間からそそとして消え去ってゆく。

三人の眼は、しごく当然のように、格上の人源に集まっていった。

――源鬼さんどうする？　このまま野放しにしておいてもいいのか……。

三人の集中した視線は、レンズを通った太陽光線のように、源の顔面をじりじりと焼け焦《こ》がす。

源は腕を組んだまま、目を半眼に閉じて、口を真一文字に結んでいる。

「ふ〜」

天井に向かって息を吹き上げると、源は三人の熱線をかいくぐるようにして、残り酒を一気にのみ干《ほ》した。

鉄管橋《てつかんばし》の前まで来て、源は足を止めた。

この橋の正式名は水管橋《すいかんきょう》というが、地元の住民は見た目のとおり、鉄管橋と呼んで親しんでいる。鉄管が二本通路の横を走っていたからで、大きい方の鉄管は、子供の背丈ほどもあった。通路は本来、人の通りが目的ではなかったからであろう、やっと人が一人通れるほどの鉄製の踏み板が、簡素に敷設されているというものであった。

慎重な足どりで橋を渡り終えると、源は道の中央に出た。前方にも同型の橋が架かっていたが、それには目もくれず、緑が丘の方へと身体の向きをもっていった。

ここから先は土手になっていて、道はゆるやかな弧《こ》を描いてほぼ直線状に南に向かってのびていた。道の下方両脇には二筋の川が流れており、西側を流れているのが笹尾《ささお》川で、東側を流れているのが新堀《しんほり》川だ。新堀川は、鉄管橋からほどない上流で黒川と合流し、一筋の川となって流れている。

源は緑が丘に向かった。歩きながら空を見上げた。澄みきった青空に、雲一つ無い。

（日本晴れか……。今日の俺を祝福しとるみたいやな）

しかと歩かないうちに、源は足の動きを止めた。身をくるりと反転させて、いま歩いてきた道のまたその遠くに眸《め》を走らせた。

鉄管橋と鉄管橋の間、その向こう側に小じんまりとした緑の山があり、その山の木立ちのすき間から、わずかながらに杜《やしろ》のうしろ姿がこぼれて見えた。

厳嶋神社《いつくしまじんじゃ》だ。この町の住民は「弁財天様《びざいてんさん》」と呼んで慣れ親しみ、時にはお参《まい》りをしたりしてもいる。

源は両手を合わせて、何やらぶつぶつ口を動かしたあと、うやうやしく一礼して再び足の向きを南に向けた。

土手を歩く者はぽつんぽつんとまばらで、時たま元気あふれる子供達が疾風《しっぷう》のように横を駆け抜けてゆく。土手の終点はTの字となって左右に分かれていたが、源は躊躇《ちゅうちょ》することなく左側への道をとった。数歩と歩かないうちに、土で固められた橋の上に出て、その川下側に小さな水門を見た。

新堀川の起点となる水門だ。目の上の高さのところに操作用の架台《かだい》があり、また足下一メートルほど下にも、点検用だろう足場が設けられている。

源はその足場まで下りてゆくと、手摺《てすり》から身をのり出すようにして直下を見下ろした。

水門の扉の下をかいくぐって浮き上がってきた水――赤茶けた水が、一つ二つと渦《うず》を巻いて煽《あお》られるようにして流れている。

（なんともまた汚い川だわい。上流の方に炭鉱があるとはいえ、それにしてもまあ……。川筋男は気が荒くて、喧嘩っ早いとよく言われるが、こんな赤ったらしい水が少しは関係しているのかもしれんなぁ）

新堀川の川幅は五メートル程で、土手と反対側の川岸には、小さな柳の木がある間隔を置いて、点々と鉄管橋の方に向かって続いている。

赤茶けた水に苦笑いしながら、源は水門をあとにした。すぐ近くにある集落の中に入り、真っすぐに道を進んでゆくと、急に視界がひらけて、さして高くもない山の麓《ふもと》に出た。ここでも道は左右に分かれていたが、源はごく当然のように身体を右側にと向けた。細い道のつき当たりに、十段ほどの石段がちらりと見える。

（あの石段の上……か）

しばらく石段に眼を通したあと、源は煙草に火を点けた。大きく吸ってゆっくりと、空に向かって白煙の輪を吐き上げる。と、うしろから子供がとことこやって来て、ふり向きざまに源の顔を見た。見た事もないよそ者の顔に、子供はちょこりと首をかしげる。

源はその顔、その身体《ナリ》、出《い》で立ちを見て、あやうく煙草を口から吹きとばしそうになった。あまりにも子供の格好が滑稽《こっけい》に見えたからだ。

子供の歳は五、六歳位であろうか、着物姿で、頭には旧日本陸軍の黄土色の帽子を横ちょに被《かぶ》り、腰には大小の小竹を二本差し込んで、いっぱしの侍《さむらい》気取りになっている。顔はと見ると、鼻のてっぺんから頬っぺにかけてまっくろたくりに汚れかえっている。

（わんぱく坊主。それも典型的な――）

笑いをこらえて源は、いまから自分が訪問しようとしている家を、あいさつがわりに一応訊いてみた。

「あっちっ」

坊主は石段が見える方を指差した。

（――やっぱりか。銀ぶちの話は、どんぴしゃりと当たっていたわい）

「ありがとうよ」

坊主の帽子頭をポンとかるく叩いて、源は石段へと向かった。

石段はゆったりとした勾配《こうばい》になっていて、その階段を二、三段ものぼったところで、突然上から地を這うような声が降ってきた。

（犬がおったのか……）

いったん、源は足の動きを止めた。今度は用心しながら、そろりそろりとのぼってゆく。それにつれて、犬の声が低い唸り声から、空間にひびきわたる甲《かん》高い声に変わっていった。

石段を一番上までのぼってゆくと、そこで左折するようになっていて、二歩と歩かないうちに観音《かんのん》開きの門が構えてあった。門といってもちゃちなもので、扉は肩口から腰のあたりにまでしかなく、なんともおそまつな代物《しろもの》であった。

源は、その扉をそうと開けると、首だけを中につっ込んだ。正面は庭だ。――十坪ほどある。左手に納屋があり、その中央に犬が繋がれていて、さかんに声を上げている。犬に愛想《あいそ》笑いを送って、源は庭の右側にある母屋《おもや》に眼をやった。目と鼻の先に玄関があり、そこに小さな表札が掛かっていて、「高山菊蔵」とある。

源は迷うことなく、門内に足を踏み入れた。と時を同じくして、野良《のら》着姿の女が山から階段を下りてきた。この家の主婦タギだ。

タギが帰って来たことで、エルの声がまた一段と激しくなった。ピョンピョンと跳《は》ねながら、門に向かって吠えたてる。

「うん!?」

タギは門に目を向けた。――見たこともない男が、門内に立っている。

「あのう……」

いかにも恐縮といった体《てい》で、腰を低くしながら男が口を開いた。

「菊蔵さんに、一丁御指導願おうかと思いましてやって来た者ですが、大将は御在宅でしょうか?」

「ありゃあ、それが……生憎《あいにく》と、子供達と一緒に親類の家に行って、いまは家《うち》に居《お》らんのやが――」

「そんな事ですか……」

来るそうそう源は出鼻をくじかれた。肩をがっくり落として、蚊《か》の鳴くような声を出す。

「でも、もうそろそろ帰って来やせんかな。よろしかったら、少しばかり待ってみんね」

言われるままに、源は縁に座って待つことにした。タギはそれを見届けてから、さっさと家の奥の方に消えてゆく。

源はひまにまかせて、前方の景色をじっくりと見た。

庭の向こう正面に、納屋が横向きにあり、左側の端は金網《かなあみ》が張りめぐらされていて、数羽の鶏がのどかに遊んでいる。また、納屋の右端にある小さな小屋からは、うさぎらしきものがちらりと見える。

犬はおとなしくなっているが、それでもまだに警戒しているのだろう、時々犬小屋の中からさり気なく、ちらちらとこちらへ目を向けている。

（――いい犬だ。姿格好もいいが、なんといっても面構《つら》えがいい――）

エルと目と目を合わせるたびに、源はにんまりと笑って見せたり、ペロリと舌を出して、エルにおどけて見せる。

「粗茶ですがどうぞ」

お茶を二人分盆に持ってきて、タギは源の隣に座った。源を退屈させないようにとの配慮であろう、自分もお茶をすすって、源の待ち時間につき合う。源は儀礼的に頭を下げたあと、再びエルに目を向けて、感心したようにして言った。

「あのワンちゃんを先程からじーと見ていたんですが、なかなかに賢《かしこ》そうですね」

「あぁ、エル姫のことかえ。頭もよかごとあるが、それよりもなかなかの器量よしじゃろうがね」

ちょっぴり冗談めかして、タギは自分のことのようにエルを自慢する。

「――でエルちゃんは、生後どの位になるとですか？」

「そうじゃなぁ、たしか、桃の花が咲いとった頃やから……かれこれ半年もなるかねぇ」

「半年……」

「うちの一番下の倅《せがれ》がそれはもう、毎日朝から晩までエルと遊びほうけとるとやがね」

（それは無理もないわ。あの犬とだったら、どんな子供だってそうなるやろ……）

ともすれば、タギの話を上の空で聞き流して、源はただエルに見とれてしまう。

エルが城の中からとび出して、門の方に顔を向けた。カランコロンと下駄《げた》の音が、だんだんと上に上がってくる。

「ほうれ、按配《あんばい》よう帰って来ましたがね。お宅が会いたい言うとる、うちの大将が――」

門が開いて、菊蔵が入ってきた。――黒の着流し姿だ。源は縁からさっと立ち上がると、菊蔵の前にすすみ出て、上級者に対する礼をもって口上《こうじょう》を述べだした。

「吉村と申します。将棋《しょうぎ》の手ほどきを受けたいと思いまして、いても立ってもいられず、扇谷《おうぎだに》からやって参りました。なにとぞ御教授のほどよろしくお願い致します」

礼を返しながら、菊蔵はチラと思った。

（聞いた事のあるような名前じゃな）

菊蔵と源は、縁に横並びに腰を掛けた。タギは、話し相手を菊蔵にゆずり、はじめて源の横顔をじっくりと見た。

（――歳は、お父っちゃんと同じ五十歳位じゃろうか、将棋に凝《こ》っているわりには、エラく優しそうな顔をして……。どうせいつもと同じ、下手の横好きの類《たぐい》じゃろうて）

「どうかごゆるりと」

にこやかな笑顔を一つ残して、タギは奥へと消えていった。

「吉村さん――でしたかな。せっかくですが、いまは将棋どころじゃないんですよ」

腕を組み、沈黙を守っていた菊蔵がやっとに重たく口を動かした。

「えっ⁉」

源は驚いた。「まさか」といった目を菊蔵に向ける。

「恥ずかしい話ですが、うちの祖父さんが、ちょいとした事業で失敗してしもうて、それはもう家の中は大変なんですたい」

「ハァ……」

源は、どう応《こた》えてよいか分からない。ただ戸惑いの色を顔に浮かべて生返事をする。

「遠くからわざわざ御足労なさったというのに、そんな訳で本当に申し訳がないことです」

腕組みをほどき、その手を太腿《ふともも》の上にのせて、菊蔵は深々と頭を下げる。

「いっ、いえ、自分が勝手にやって来ただけですので――」

あわてて手を振り、源はこの場をつくろう。菊蔵は話はもう終わったといわんばかりに、再び腕を組む。

「あのう、よろしいでしょうか？」

しばらく間を置いてから、源がおそるおそる口を開いた。

（まだ何か……？）

無言のまま、顔だけを源に向けて、菊蔵は話の先をうながす。

「じつは――私はあのエルが、一目見ただけですごく気に入ったんですよ。で――」

照れくさそうにそこまで言って、少し間を置いたあと、ややひきつったような声でズバリと切り出した。

「エルを、将棋の勝負に賭《か》けてくれませんか？」

（エルを……将棋のダシに……!?）

さすがに菊蔵は驚いた。あまりにも話が突飛過ぎて、すぐにはこたえが出てこない。ただ源の横顔をぼーと見る。

「笑われるかもしれませんが、万が一にも私が勝った場合、あのエルを頂きたいんです。

そのかわり私が負けたら、三百円を差し上げます。それでどうでしょうか？」

「三百円……」

「ハイ」

（大金だ……）

おもわず菊蔵の背骨がビンと固まった。

（エルが……大金をもたらしてくれる。そんなことはないと思うが、たとえ俺が負けたとしてもたかが仔犬一匹……）

目を閉じたり開けたりして、菊蔵はなおも考える。

（勝てば、皆に美味しいもんを腹いっぱい食べさせてやれるし、服なども沢山買ってやれる。もし俺が負けたら、子供達が大いに嘆《なげ》き悲しむことじゃろう。なかでも悟がエルをひと一倍可愛いがっとるだけに……）

菊蔵の身体がぶるっとふるえ、そのふるえが空気を通して源に伝わった。

（菊蔵さん、相当に迷っとるごとあるな。少し時間をくれてやるとするか――）

源は縁から立ち上がると、エルの前に行って座り、たわいもないことを馴れ馴れしく話しかけだした。エルは、はじめの頃こそ嫌な素振りを見せていたが、それでも徐々に気をゆるすようになったのだろう、しぶしぶながら手を頭に触れさせるようになった。

（――賭《か》けた金額といい、身なりといい、結構裕福な暮らしをしとるんじゃろう。とすると俺が勝つのはほぼ間違いないとして、相手さんは負けてもそんなに困らんのかもしれんのう……）

やっとに菊蔵の肝《はら》が決まった。太腿をビシリと叩いて気合一閃《いっせん》、〝葱《ねぎ》をしょってきた鴨《かも》〟の背中に向かって舌鼓《したつづみ》を打った。

「吉村さん、一本将棋でお受けしましょう」


エルの運命を左右する、大一番がはじまった。男と男の意地を賭けた真剣勝負でもある。場所は、縁側寄りの座敷の中。

両者共に、凛《りん》として姿勢をくずさない。いくぶん和《やわ》らいできた西日が、両者の横顔を紅《あか》く染《そ》めあげ、いやがうえにも虚々実々《きょきょじつじつ》の戦いを熱くする。時折生命《いのち》を吹き込まれた駒が、乾いた音を盤上にひびかせて、静かな空間で火花を散らす。

茶の間が急に賑やかになった。子供達が帰って来たのだ。子供達の声があまりにも大き過ぎるため、タギはあわてて黙らせる。

「これ静かにせんかっ。いまお父っちゃんが、座敷でお客さんに将棋を教えとる最中じゃ。それが終わるまでちょいとばかり静かにしとれい」

「お父っちゃんが将棋を‼」

正男の目がチカリと光った。

（久し振りに、お父っちゃんの将棋を見させてもらうとすっか――）

足音をころして座敷にゆくと、正男は対局している両者の間にそうと座った。両者は共に、正男には目もくれない。

正男は盤上の戦況を見た。父親ゆずりで、結構将棋には目が肥《こ》えている。

（局面は――中盤戦といったところか……）

自分なりの展開をつくって、正男は、はたして両者が自分と同じ手を打つかどうか、一手一手をジーと見守る。しかし、ことごとく予想が外れてゆく。

勝負どころとみたのか、源が駒音も高く、飛車を横にビシリと振った。

「ウっ！」

ギクリと一瞬、菊蔵の腰が浮き上がった。

――四間飛車!!

紅くなっている菊蔵の顔が、また一段と色濃くなった。目がふわふわと力なく泳いでいるように見える。

（お父っちゃん、劣勢になったのかな……）

父の顔色を見て、正男はチラとそう思った。

源は山のごとく、微動だにしない。

菊蔵はやっとにいま思い出した。自分の前に座っている者こそが、〝四間飛車の源〟として売り出し中の男、吉村源二その者であることを――。

やむなく菊蔵は長考《ちょうこう》に沈んでいった。


菊蔵は、本来が寡黙《かもく》な男であった。自分の方からは、余程の事がない限り、口を出すようなことはなかった。その点将棋は性《しょう》に合っていた。ただ黙々と駒をすすめるだけで良い。

父の小太郎が炭鉱の手配師《てはいし》として、従業員を数十名抱《かか》えていた事もあり、将棋の相手には事欠《か》かなかった。大納屋にゆけば、いつもヒマな者がごろごろとたむろしており、いつでも将棋ができたからである。そんな好条件の下、菊蔵はめきめきと腕を上げていった。そのうちに金銭を賭《か》けるようになり、また他流試合も平気でするようになっていった。菊蔵の評判は徐々に地方にひろまり、そして今日――昭和二十二年九月某日《ぼうじつ》。

対戦相手はこの人――吉村源二である。


正男は、両者の手持ち駒をくらべて見た。――共に、大駒小駒をほぼ同じくらいに持っている。が菊蔵には、歩《ふ》が一枚も無い。その弱点を突いて、源は香車《きょうしゃ》をピシリと打った。

それを受けるに、菊蔵はうまい手立てがなく、防戦一方となる。源は一気呵成《いっきかせい》、火のごとくに攻めかかる。

菊蔵はかろうじて、源の攻めをどうにかもちこたえた。手番が菊蔵にまわる。菊蔵は敵の意表を突いて、ど〜んと馬を切った。源玉の守りがやや薄くなる。

（おぅ！）

おもわず正男は、喉《のど》から声を出しそうになった。だが驚くのはまだまだ序《じょ》の口だった。すかさず菊蔵は龍までもを切って捨てた。

これにはさすがに源も「あっ」と驚いた。こめかみをピクピクさせて、怖々《こわごわ》とその龍を取る。――源玉はあっという間に丸裸になった。

菊蔵は、金銀成り歩を連携《れんけい》させて、怒涛《どとう》のように押し寄せてゆく。源玉は、広くなった海原をこりゃすいすいと自由自在に逃げまわる。菊蔵は追う、一手と休まず追っかけまわす。とうと源玉は岸壁にまで追い詰められた。

（これまでか。お父っちゃんが勝った――）

正男はそう思った。しかし、菊蔵ははたと手を休めて、なかなか次の一手にかからない。

（どうして……？）

正男は菊蔵の持ち駒を見た。桂馬と金が一枚ずつあるだけで、他には歩の一枚も無い。

（――そうか、歩で玉を吊り上げれば、即詰《そく》みへの一本道となるが、その肝心要《かなめ》の一歩《ぶ》が無い……）

菊蔵はこれぞという一手を必死に探す。桂馬で玉を吊り上げようにも、その打とうとする場所に、自軍の駒がどしりと腰を据《す》えていて、打とうにも打つことができない。

菊蔵はお手上げとなった。自陣の王はすでに詰めがかかっていて、もうどうすることもできない。

「負けました」

かすかに聞こえる声でぽそりと言って、菊蔵は無念の頭を下げた。


エルのもとに、タギと五人の子供が集まった。タギについで子供達が、ひとりひとり涙の声でエルに惜別《せきべつ》の言葉を贈る。友子と悟はエルにしがみつき、ただえいえいと泣きじゃくる。

エルは、正座で皆の話を黙って聞いていたが、言葉のはしばしで自分が源に貰われた事を悟ったのだろう、いまにもくずれ落ちそうな肩をかろうじて前足で支える。

源は縁に座ってのんびりと、お別れが済むのを気長に待つ。が頭の中は一足先に、「故郷」に金銀砂子《すなご》の錦《にしき》を飾っていた。

(ついに儂《わし》はやったぞ。これを知ったら三人は、さぞかしビックリするこっちゃろな。おっとそんな小さな事はどうでもいい。儂は宝物をこの手に入れたんじゃ、エルという、どでかい宝物をな)

お別れの儀式が終わった。エルの首ヒモをタギが、断腸のおもいで源に手渡す。縁から立ち上がって、源はいかにも申し訳なさそうに、腰を低くして受け取る。

「皆さん、いろいろと大変お世話になりました。エルのことは、精いっぱい可愛いがりますのでどうか御安心下さい。ではこれで失礼します」

最後の言葉を告げて、源はエルと共に門を出た。そのあとをタギと子供達が、見送りのために続く。新堀川の水門の前を少し通り過ぎた処で、タギ達は歩みを止めた。ここからだと土手が遠くまで見えるため、見送るには都合がよい。

源が足を止めた。がわずかに頭を下げただけで、何も言わずに北に向かって歩いてゆく。薄暗くなってきたせいか、エルの足どりがやけにひきずるように重たく見える。

「エル～」

悟が数歩走って叫《おら》んだ。

「エル～」

友子が続いて叫ぶ。エルが歩みを止めた。タギ達の方に身体を向けて、そのままじーと動かない。たまらず子供達が、タギが大手を振って、永遠《とわ》の別れを涙と共に声の限りに何度も叫ぶ。

エル～、さようなら～。

エル～、さようなら～。

エルと源が、だんだん小さくなってきた。やがて二人は、淡く霧立つ夕靄《ゆうもや》の中に、そうと静かに溶《と》け込んでいった。

風のように

エルが高山家から去ってから、早くも半年が過ぎた。庭では木立ちが青い芽を吹きはじめ、その息吹が清かな微風《さやかぜ》となって、周辺に漂い匂うようになってきた。

春うららかな日曜日の昼下がり――。

悟は陽だまりのある納屋の前に座って、小さな木片を相手に積み木遊びをしていた。エルが居なくなってからは、ひとりぽっちでの遊びが多くなり、それも今ではすっかりと普通のようになっている。

「――ん……!?」

耳に熱いかぜを感じて、悟は座ったまま、ゆっくりと首をまわしてうしろに目を向けた。にゅうと大きな顔――犬の顔がすぐ目の前にある。

「エルっ‼」

頭のてっぺんから声を噴き上げて、悟はとびつくようにしてエルに抱きついた。少しずつ手をずらして、首筋までもってゆく。とつるりとすべって、指が変な感触を覚えた。

そろりと手をほどいて、悟は指を見た。——赤く染まってじとりと濡れている。

——血……？

指を近づけて、今度はようやく見た。どう見ても血のようにしか思えない。

「エルー、首に血が着いちょるごとあるが、どうかしたのか？」

話しかけながら、悟は正座しているエルの首まわりの毛を掻き分けて、見た。——首輪のまわりがひどくすり切れていて、ところどころに固まった血糊《ちのり》がこびり着いている。

「おっ母ちゃ〜ん！」

悲鳴じみた声を上げて、悟はタギを呼んだ。

「なんじゃい、また真っ昼間から——」

タギは座敷で服の繕《つくろ》いをしていたが、悟の大声はよくある事で、別に驚きもしない。傍《そば》で見学している友子《ともこ》に、顔を向けることもなく言う。

「こびんちょが、またなんじゃら庭で吠えとるごとあるぞ。お前ちょいといって見てこいや」

「うん」

友子も悟の叫びは慣れたもので、考えることもなくこくんとうなずいて縁に出た。と出た途端、友子は黄色い声を吹き上げた。

「キャァっ、エルだっ‼」

(なにっ、エルだと……⁉)

ピタリと針の動きを止めて、タギは宙に目を据《す》えた。がすぐに立ち上がって、腰をまげたままに縁に出る。そして夢でも見られない、ウソのような光景を庭に見た。

――友子とエルが立ったまま、しっかりと抱き合っている――。

(あれは……あれは、エルなんかじゃねえ。狐《きつね》じゃ、狐がエルに化けて、友子をたぶらかせとる)

一瞬、タギはそう思った。そう思うのも無理はなかった。なにしろエルとは、別れてからもう半年が過ぎており、過去の一つの物語として、完全にタギの頭の中から遠くに消え去っていたからである。

「ワン!」

狐が、いやエルが一声上げた。友子のもとを離れて、縁に腰を掛けてるタギのもとに駆け寄ってゆく。

「おっ、エっ　エル……。帰《けえ》って来たか、おうおう、達者にしとったんじゃのう……」

タギは鼻をぐりぐりとすり寄せてくるエルに、とぎれとぎれながら、心のこもった声で迎えの言葉をかけてやる。

「うちの家を忘れんと、また遠いところをよう帰って来たわいのう……。あれれっエルっ、お前は……首に鎖を付けたままに来とるでねえか」

エルの頭を撫でてやろうと手をのばした時、タギはエルが鎖を這わせているのに気がついた。

「エルの首が、ケガで血だらけになっちょるばい」

エルのうしろから、悟が心配そうな顔で教えてやる。

「なにいっ！　そっ、それは大事じゃ」

急いで縁から下りると、タギは首輪を外して、そうとエルの首の毛を掻き分けて見た。

「――そうじゃのう、お前の言うとおりじゃわい。皮膚が赤くただれて血が滲《にじ》んじょる」

タギと友子は治療にとりかかった。友子が毛を掻き分け、タギがじわりと薬をなすりつけてゆく。エルは耳をうしろ側にたおして、ぐっと痛みにたえる。

「それにしても、エルはこんな長い鎖をそろぼいてきて、よくここまでたどり着いたもんじゃのう。これじゃ道中が大変だったじゃろうに――」

傍に置いてある鎖をちらりと横目に見て、タギはふうと肩でため息をつく。

「ほらっ、この顔を見て、エルったら家出に成功して、家《うち》に帰る事ができたんですごく満足しきった顔をしているよ」

エルの顔をちょんとつついて、友子は自分も大いに満足しているくせに、エルにかこつけてしゃーしゃーと言う。

「エルが家出に成功……！　んもう、ヒヨっ子のくせして、もうつまらん言葉を覚えおって——」

呆れかえったように、タギはキッと友子を睨《にら》む。が、すぐに水と流して、先程友子が言ったつまらん言葉を早速に使う。

「で、エルは血の目をみてまでして、家出を決行しおったわい。日頃からつのる想いをずうとためておったのかもしれんのう」

「そうよ、エルはこちらの家で暮らしたくて、それこそ死にもの狂いで逃げ帰って来たとよ」

「——ならいいが……。でも、あちらさんとのかねあいもあるし、どうなる事やら……」

エルの治療が終わった。首輪をエルの首にもどしてやる。鎖は友子がちゃっかり納屋の中にしまい込む。

この日エルは、悟と共に裏山にのぼっては、まず小太郎を驚かせ、山から下りては、顔を合わせた者を次々と驚かせ、または喜ばせていった。そして夜は、タギの心のこもった夕食を久し振りにかみしめる。

茶の間では、いつものように掘り火燵《ごたつ》を囲んで、賑やかな一家団欒《だんらん》のひとときとなる。

当然のように、エルの話題で持ち切りとなった。——なぜエルが、ひょっこりと帰って来たのか？　にはじまり、今日あったエルとの出来事や、遡《さかのぼ》っては過去にあった出来事などまでが、途切れる事なく話に上がってゆく。

皆の話をよそに、悟は急いで口の中に夕食を掻き込んでゆく。皆より先に食べ終え悟は庭に出た。すでに日がとっぷり暮れて、すっかり闇の世界になっている。

「エルー」

闇に向かって、悟はエルを呼んだ。――姿を見せない。今度は声を大にして呼んだ。

――やはり姿を見せない。悟の声を聞いて、浩二と友子が心配そうな顔で、悟のもとにやってきた。三人は石段を下りると、近辺を歩いて、何度もエルを呼んでみた。

しかし、エルは闇の中に消えたまま、とうと姿を見せることはなかった。

エルと再会してから二カ月が過ぎた。

それ以来、エルは一度も顔を見せない。再会した当初こそ、毎日のようにエルのことが夕食時に話題の一つとして上がっていたが、それも日が経つにつれて次第に薄れてゆき、十日も過ぎた頃には、まったくといってもよい位に話に上がらなくなっていった。

タギはいつものように、暗いうちから朝飯《あさはん》の支度に取りかかった。かまどに火を入れ、ふいごで火の燃えを上げようとした時、コトリと土間の外で何やら物音がした。

――なんじゃい、また盗《ぬす》っ人《と》が来よったか……?

その時の事をチラリと頭によぎらせながら、タギはそうと立ち上がってあがりかまちに腰を下ろすと、じーと外の気配をうかがった。

一昨年の秋にも泥棒が裏戸までやって来た事があり、その時は、裏山の畑で穫《と》れた芋《いも》を両手に持たせて、こころよく帰らせている。

そんな事を一度経験しているため、タギは多少緊張感がある中にもわりと落ち着いている。

「外におるおひと——」

おだやかな声で、タギは裏戸の外に向かって話しかけた。と途端に忘れもしない声が返ってきた。

「クイ～ン　クイ～ン」

「おっ、エルっ‼」

思いもしないエルの声に、タギは何がなんだか意味《わけ》が分からない。分からないまま身体が勝手に動いて、動きの悪い裏戸を力まかせに開けた。と同時に大きな犬——エルが中にとび込んできた。タギはよろけながらも、どうにか抱きとめる。立ったまま、タギとエルはひしと抱き合った。

「エルー、またよう来たのう……」

エルの耳もとでタギは囁きかける。それにはこたえず、エルは、燃えに燃えたぎった熱い舌を、タギの顔といわず首筋とに雨あられと浴びせかける。

タギはくすぐったくてたまらない。がどうにかもちこたえて、やっとのことにあがりかまちに腰を落ち着ける。エルは会う事ができたよろこびがまだ収まらないのだろう、タギの太腿の上に手をのせて、せかせかと子供のように甘えかかる。

（もうエルとは二度と会えんかと思うとったんに、どうした風の吹きまわしじゃろう?）

天井に向けていた目を下に落として、タギはエルの頭からそろりと背中に手を移そうとした。とその時はじめて、エルが鎖を付けている事に気がついた。――長々と鎖が土間に這っている。しかも太さは、前回の時よりもはるかに大きい。

「これじゃあ、ここまで来るのが大事だったじゃろうに……」

取り外した鎖の重みをずしりと手に感じながら、うらめしそうにタギは土間の隅に投げすてる。

「おっ、そうじゃったわい、エル、首は大丈夫か？　明るくなったら見てやるからの」

ふとタギは、前回エルがやって来た時の事を思い出した。その時エルは、首輪のまわりをかなりすり切らせて来ている。

タギは七輪を起こすために庭に出た。そのうしろをエルが、一時《いっとき》も離れずついてゆく。

「おうい、みんな早よ起きれぇ。エルがやって来とるぞう」

タギは皆を、通常よりも少し早目に起こしてまわった。が、誰もがいっこうに起きようとしない。タギがうそをついていると思っているのだ。

「こらぁ起きんかっ。ホントにエルが来とるんじゃっ」

怒鳴り上げるようなタギの声に、皆はしぶしぶと布団の中から起き上がる。悟はまだ深い眠りの中にあったが、タギは布団をゆさぶってむりやりに起こしてやる。

皆より一足早く縁に出て、正男が欠伸《あくび》まじりに雨戸を開けた。と途端に足もとから声がハネ上がってきた。

「ワンっ！」

「おっ！　エルー……」ひと声もらして、正男はあっという間に目が覚《さ》めた。

縁に一人ふたりと集まってきて、エルの顔を見るなり子供達は、我先にとエルのもとに走ってゆく。一番のりをした者から次々と、エルと抱き合い言葉をかけ合って、またまた会えたよろこびを互いに分かち合う。

（エルがあんなにもよろこびおって……）

縁にひとり佇《たたず》んで、タギはエルが感激しているさまを、熱くなった瞼《まぶた》の中で見る。

（あれまっ、お父っちゃんまでが――）

どさくさにまぎれて菊蔵が、いつの間にやら子供達の中にまぎれ込み、何やらぼそぼそとエルの御機嫌をとっている。

――エルの歓迎会が終わった。

エルは縁に目をやった。――タギの姿は無い。エルは土間にと走った。

家族の者が仕事や学校に行ったあと、タギは気になっていたエルの首まわりを悟と共に見た。やはり前回と同様、首輪まわりがすり切れて赤くなっている。

タギと悟は首の手当てをはじめた。毛の掻き分け役を今回は悟が務め、タギが慣れた手つきでさっさと薬を塗りつけてゆく。

この日エルは、ゆったりと日を過ごし、夕食を満足そうに済ませたあと、暮れなずんでゆく空の下をまたも風のように去っていった。

二度目の家出をして来た日から二日後に、早くもエルは、第一のふる里にやって来た。今度は鎖を付けてはいない。

その翌々日にもエルはやって来た。やはり鎖を付けていない。朝の早くにぶらりとやって来て、夕食を済ませてから、また第二のふる里へと帰ってゆく。

――そのうちに、また来なくなるやろ――。

今迄がそうであっただけに、家族の全員が、そんな思いで日々をたんたんと送っていた。ところが一カ月が過ぎても、エルは決まったように一日置きにやって来る。

ここにきて、タギは自信をもって次のように思った。

――あちらさんの家では、エルが二度家出をして、その二度ともが鎖が無いままに帰って来たため、あの賢いあんさんのこと、なぜだろうと不審に思い、エルの首をとくと調べた筈じゃ。そして、首まわりを治療されている事が分かり、オレのところに里帰りをしている事を悟った——。痛い目を負《お》ってまでして、しゃにむに決行するエルの里ごころの熱い想いに、あのあんさん、ほとほと胸を打たれたんじゃろう。エルは健気《けなげ》な律儀《りちぎ》さと、ケガの功名《みよう》とやらで、ついに自分の自由を勝ち取ったんじゃ——。

事実これ以降、エルは自由奔放《ほんぽう》の侭《まま》に、自分の一生を送る事となる。

菊蔵の晩酌で、毎度おなじみの一家団欒《だんらん》のひとときがはじまった。初夏とはいえまだ寒さが残っているため、火燵《こたつ》には火が入っている。

「エルは——」

エルの事が話題に上がったところで、ここばかりに浩二が話を切りだした。

「二つの家を一日置きに往復しているけれども、本当の心は、こっちの家だけで暮らしたいと思っているんやないやろか——」

「そうよ、私もそう思う。こっちの家の方が楽しいから、エルはわざわざ遠いところを通って来るとよ」

横から友子が、ちょいと油を注いでやる。

「それでやね、エルを鎖でつないで、向こうの家に帰れないようにしてやったらどうやろか。そうなったらエルは、堂々と嬉しあきらめができて、こちらの家だけで気楽に毎日が過ごせるというもんや」

「その鎖だったら、ずうと前にエルが付けてきたのが納屋に」

「バカもんっ」

いきなり友子の話をさえ切って、菊蔵がドカンと一発、二人の頭上に雷を落とした。たまらず浩二と友子はぴょこりと首をひっ込め、舌をペロリと出す。そんな二人に菊蔵は、なおも続けて、ゴロゴロと雷鳴《らいめい》をとどろかせる。

「嬉しあきらめじゃと、何が嬉しあきらめじゃっ。エルは将棋の賭《か》けで取られた犬じゃ。そんな事でもしてみろ、まずは向こうさんが黙っちゃおらんだろうし、第一この俺が、面子《めんつ》のためにもゆるさんわいっ」

怒り心頭、苦虫でも嚙みつぶしたような顔で、菊蔵は酒をクイっとのむ。

（ありゃりゃ、さてはお父っちゃん。話の流れで、あの日の負け将棋を思い起こしたな）

菊蔵の御機嫌が急に悪くなったのをみて、正男はかなりの確率でもってそう読んだ。早速に自分もその日の将棋を思い描いてみる。

──虚を突いて、ビシリと振った四間飛車──金銀成り歩で、敵玉を追い上げてゆく
──しかし歩の無い将棋は負け将棋。とうとお父っちゃんは──残念無念の頭を下げた
……。

「おぅっ！」

おもわず声をもらして、正男はあわてて首を横に振る。

「のう、悟よい」

隣に座っている悟に、菊蔵が話しかけた。先程の雷を落とした時の顔は嘘のように消えて、じつにやわらいだ顔にかえっている。

「ちょくちょくエルが家に来るようになって、ほんによかったのう。どうじゃ嬉しいか？」

「うん、でも毎日来るんだったら、もっと嬉しいやけれども――」

「おう、それはちょいと虫がよすぎるというもんじゃわい。エルにもそれ相応に都合《つごう》というもんがあろうからの」

日頃は口数の少ない菊蔵が、この日はまた珍しくよくしゃべる。

（うふふふ……）

正男が目で笑いだした。

（こりゃまたお父っちゃん、相当の食わせもんやな。泣いたカラス……じゃなく、怒ったカラスがもう笑っちょるわい）

正男が嗤《わら》っているとも知らず、菊蔵はすっかり機嫌をなおして、まだ酒をちびりちびりとやっている。

（お父っちゃんは、悟にあんなことを言うちょるが、本当に嬉しいのはお父っちゃん自身やろうがたい。エルを将棋で取られて、今まで相当に責任を感じとった筈や。それがエルがちょいちょい来るようになって、その分だけ負《お》い目が減ったというわけや——）

「こりゃ正男っ、先程から顔を横に振ったり、にやにやしたりしとるが、何かよい事でもあったのか？」

持っているコップを胸のあたりで止めて、菊蔵が腑《ふ》におちない顔で訊く。

「あっ、いや何も……」

口をにごして、正男はあわてて逃げる。思っていた事がことだけに、こたえる事ができないのだ。

「よう分からんが、今日の酒はなんともすごくうまいわい。——おいっ、もう一杯っ」

タギにことわらせないように、見え見えの助走をつけて、菊蔵はさも当然といった顔で、空になったコップを前にぐいと出す。

「ありゃまっ！　それが……このとおり、酒はもうすっからかんのかんじゃわい。今日は、それでもう打ち止めじゃな」

一升瓶《びん》を軽々と持ち上げて、タギはそれを、あっけらかんとした顔でぶらぶらと振って見せる。

「——う～ん……」

ため息を大きくもらして菊蔵は、やんぬるかな、意に反して悲しあきらめをさせられる。

ふる里の風景

悟はS小学校の一年生になった。学校は町からかなり遠く離れた処にあり、大人の足でもゆうに一時間はかかった。それをよいことに、悟は学校からの帰りによく道草をして遊んだ。たとえばこうだ——。

学校の門を出てから十分と歩かないうちに、田園風景の広がる通りに出るが、ここでは田植えの季節ともなれば、道の端《はた》からよく小ぶなの大群を見れるようになる。

そこで悟はちょいとしたイタズラをこいてやる。そうと身体を沈めておもいっきり、抜く手も見せず水面をパシャリと叩いてやる。

小ぶなは驚木《おどろき》、桃の木、山椒《さんしょう》の木——。あわてふためきながらに小癪《こしゃく》にも、キラリと黄《こ》金色《がねいろ》の横っ腹まぶかせて、鬼の眼でも攪乱《かくらん》させたつもりか、一目散に稲の林の中に駆け込んでゆく。

悟は、かえるともまたよく遊ぶ。

稲穂の先っぽに実を一粒残し、それを竿《さお》にみたてて、かえるをぶらりと釣り上げるのだ。かえるは人慣れしていて、逃げも隠れもしない。むしろ自分の方から「遊ぼうよ」と近寄ってくる。

かえるを釣り上げると、悟はかえる自慢の白くてすべすべぷっくり腹を、こちょりこちょこちょくすぐりかけてやる。

かえるは、もうくすぐったくてたまらない。「やめてケロ、やめてケロ」と両手をばたばたさせて、バンザイをする。

「うふふふ……。こりゃこりゃ参ったかケロ公ちゃん。今日はここまでまた明日――」

ぷっくり腹をこちょりと一撫でして、悟は再びかえるを田んぼにかえしてやる。

遠くでは、へのへのもへの案山子《かかし》さんが、両手に満腹雀《すずめ》をずらりとのせて、なんともうかない顔をしてござる。

遠賀《おんが》橋を渡ってしばらく歩いてゆくと、帰り道のすぐ横に弁財天様があり、悟はそこでも時々のぼって遊ぶ。

数十段の石段を上までのぼり、そこからうしろを振り返ってみれば、いま歩いてきたばかりの遠賀橋がほぼ横向きに見え、遠目ながらも橋を渡りゆく人びとの姿が見える。残念ながら顔までは識別できないが――。

またその橋からかなり離れた遠くにも、かすかながらに鉄橋が見え、時折汽車が白い煙を吐き吐き渡ってゆくのが見られた。

眼を遠賀橋にもどして、そのまま左側へと移してゆけば、小高い丘の中腹に、細くて長々とした建物が見える。N中学校だ。町内に中学校はこの一校だけしかない。

――自分もそのうち、あの中学校に通う事になるんだ……。

薄ぼんやりと、悟は早くも青雲の将来に夢を馳《は》せらせる。

狛犬《こまいぬ》に迎えられて境内《けいだい》に入ると、結構広いひろばになっていて、神殿は、質素な造りながらも、古風な趣《おもむき》を見せてひろばの奥に粛然《しゅくぜん》としてあった。

境内の西側は切り裂かれたような崖になっていて、七、八メートル下を笹《ささ》尾《お》川の水が、岩がころがる浅瀬をせせらぎながら、遠賀川へと向かって流れている。

また境内の東側では、新堀川の水が石段の正面あたりで二手に分かれ、一方は遠賀川へと向かい、またもう一方は、石段から指呼《しこ》の間ともいえる唐戸《からと》の堰戸《せきと》をくぐって、この町の中心部を縦断し、さらには折尾を通って長駆《ちょうく》、若松の洞海湾《どうかいわん》にまでえんえんと流れ続けてゆく。

弁財天様を下りて、百歩と歩かないうちに、鉄管橋を左右にした通りに入る。ここから先は土手になっていて、道の下方にはそれぞれ川が流れている。

右側を流れているのが笹尾川で、左側を流れているのが新堀川だ。

ここまで帰って来ると、悟はもう我が家の庭に帰って来たような気分になる。なにせこの土手にはエルとたびたび遊びにやってきて、地理やその他をかなり詳しく知っていたからだ。その中の一つにこんなのがある。

この土手には、ちょいとしたところに藪《やぶ》ウグイスが棲《す》みついていて、春もたけなわになってくると、美しい声で道行く人をのどかになごませてくれるようになる。

このウグイスと悟がはじめて会ったのは、まだ学校に入学する前の寒さが厳しい二月も半ばの頃であった。一人で土手を歩いていると、チャッ、チャッと下の方で何やら小鳥らしきものの声がする。

変な鳴き方に興味をそそられ、悟は「声」のあたりを見下ろした。そこにはこの土手には珍しく、斜面の中腹にほんの一握りの竹藪があったが、声はどうやらそこからのような気がした。

ひざ小僧を折って座り込むと、悟はじーと竹藪の中を見た。藪のまわりに草がなく、竹にもまだ葉がついていないため、奥の方までよく見通すことができた。待つこと数分、奥の方からちょんちょんと、竹と竹との合い間を縫って小さな鳥が一匹姿を現した。雀よりやや細目の鳥だ。全体的にねずみがかった色をしており、お世辞にも美しい鳥だとはいえなかった。

――チャッ、チャッ、チャッと鳴いて……なんという鳥なんだろう……?

結局この日、悟はこの鳥の名前が分からないままにこの場を後にしている。

そして四月になった。学校を終えて、土手を歩いていると、どこからか「ホーホケキョ」とウグイスの声が聞こえてきた。

歩みを止めて、悟は周辺をぐるりと見まわした。草、草、草で、どこで鳴いているのかさっぱり分からない。

――もしかしたら……!!

ふうと悟の頭の中に、あの日の事がよみがえってきた。二カ月前にこの土手の竹藪で見た鳥は、ウグイスではなかったのか……。ただ「チャッ、チャッ、チャッ」と鳴いていたのが、少し頭にひっかかりはしたが――。

数日後、裏山にのぼってこの話を小太郎にすると、それは間違いなく藪ウグイスだと言う。さらにあごまわりをくしゃくしゃにして、こうつけ足した。

――まだ寒い間は、チャッ、チャッと鳴いて発声練習に励み、春もいよいよ本番になってからようやくに、ホーホケキョと春のうたを唄うようになる、と――。

これ以来、悟は例の竹藪のことを、「ウグイスの館《やかた》」と呼んで自分だけの秘密にし、決して誰にも話そうとはしなかった。ウグイスが、こころない者に襲われる事を恐れたからである。

春の足音が日に日に近づいてくると、土手の中腹から川辺にかけて、まっ先につくしの坊やが顔を出し、日が経つにつれて薊《あざみ》やたんぽぽその他の花が、いっせいに色とりどりの花を咲かせてゆく。

これら花々の上を、白、黄色の蝶々が乱舞し、時折顔を見せる黒やまだら模様の大物蝶が、花の舞台をさらに華《はな》やかなものにする。

バッタやその他の昆虫たちは、若草萌《も》ゆる林の中をところ狭しと駆けずりまわり、それだけではまだもの足りない猛者《もさ》は、自《みずか》らの目で「世の中の大海」を確かめんと、危険を承知の上で土手の上にまで冒険に出る。

川辺にあるわずかなひろばでは、れんげ草がささやかながらも、紅紫色《べにむらさきいろ》のじゅうたんを敷きひろげ、クローバーは緑の色もあざやかに、三つ葉の中に四つ葉をごくわずかに潜《ひそ》ませて、「三《さ》あさ見つけてごらん四《よ》」と、三《み》え三《み》えの幸福探しを四《し》掛けてくる――。

れんげの花はエルの首飾りとなり、四つ葉のクローバーは祈るようにして、悟ががまぐちの中に大事にしまい込む。

春もたけなわになってくると、土手の草々の中には人間や動物にイタズラをやらかして、それを生きがいにしている不逞《ふてい》な輩《やから》も中にはいる。

その一つが、「ふっつきぼ」だ。

ふっつきぼには、大小の二種類があって、大きな方はピーナッツの中身位の大きさをしており、色は緑色で、相手にとっつきやすいようにと全身にイガイガを持っている。

一方小さな方は、形も大きさもがボウフラとそっくりで、色は目立たぬように茶色っぽい色をしている。

とりつかれて厄介《やっかい》なのは、後者のボウフラ型の方だ。なにしろ小さくて、しかも多量にとりつくため、取り除くのに一汗も二汗も掻く事になる。結局は着ているものを全部脱がされるはめになり、誰が付けたかこのふっつきぼのことを、苦笑《わら》い茶化して、「ドロボー草」とも呼ばわっている――。


もう一つは、夏場に入ってからの話であるが――。

土手を行く人間にワルさを働いて、腹をゆすって笑いころげる悪《あく》たれ軍団である。

この軍団、全員が細くて長い黄色の兜《かぶと》を目深《まぶか》に被り、小竹と同じような体型で、人並み以上に背丈をのばす。場所は毎年決まったように、ある通りの脇をわざわざ選んで占領し、近づいてきた者に、待ってましたとばかりにヒョイと兜を前に突き出して、ぺちょりと花粉《べに》を塗りつける。

人間は、夏の暑さのせいで、全身が汗だらけになっている。そこにもってきてこの不意打ちである。ひとたまりもなくその者は、顔面に「黄色い化粧」をほどこされてしまう。

――こんチクしょう――。

ヤラれた者はキッと睨みつけるが、なにしろ相手は多勢、こちらは無勢、黄色い顔を真っ赤に変色させて、カッカしながらそこから退き下がってゆく。

夏もいよいよ盛りになってくると、もはや人間は土手の下へは下りてゆけない。そこはもう、草花や生物たちだけの水入らずの世界となる。

夏の季節が終わり、秋風が吹くようになってくると、草たちは秋の季節にふさわしい色――しぶくて茶味がかった色へと衣《ころも》を変色させてゆく。

これらの中でただすすきだけが、長くのばした銀髪をギンギンギラギラ風になびかせて、老《お》いたりとはいえ、まだまだ元気なところを周囲に見せつける。

雪がちらちらと風に舞うようになると、土手に住む者ほとんどが、長い期間の冬眠に入り、夏の盛《さか》りに悪さを働いていたあの黄色い兜の軍団も、例にもれず忍者のように姿をかき消してゆく。

新堀川沿いの柳の木は、裸になった体を北風にさらされながら、やがて来る春をただひたすらにじーと待つ――。

夕焼け小焼けで　日が暮れて
山のお寺の　鐘が鳴る

お手々つないで　……

夕日で紅く染まった土手を、北に向かって四人が合唱しながら歩いてゆく。タギと友子と悟にエルだ。西の空は、まさしく夕焼け小焼け──。

このような光景が二カ月近くも続いている。

タギ達はいま、遠くにまで浴場通いをするようになっている。というのも、長年我が家で慣れ親しんできた五右衛門風呂が、とうとう釜《かま》に穴をあけてしまい、風呂の用をなさなくなってしまったからである。

以来、一家の全員が、菊蔵が勤務している事もあって、山手炭鉱会社の工員兼家族浴場まで通うようになっている。

タギ達は、エルが遊びにやって来る日に合わせて、夕食を済ませたあと、エルと共に家を出る。

浴場へ行くには、土手を歩いて、東側の鉄管橋を渡り、それから道を大きく曲がってしばらく歩かねばならず、どんなに急いでも三〇分以上はかかった。

それでも友子と悟は、辛いとは思わなかった。むしろ楽しいとさえいえた。往《ゆ》きは、いつもエルが一緒だったからだ。

タギはタギで、浴場に通いだしたその日からつくづくと思い、そして心の底からエルに感謝した。

――動物というもんは、またなんとも摩訶《まか》不思議なもんじゃのう。エルが傍《そば》におるというただそれだけで、皆の心をこうもなごませるんじゃから――。普通なら、友子も悟も遠くまで風呂に行く事などぐずるじゃろうに。ほんにもって、エルさまさまじゃわい――。

浴場の前に着いたところで、タギ達はエルとその日のお別れをする。タギが腰を落として、エルの頭を撫でてやりながら、ばかの一つ覚えみたいに毎回同じことを言う。

「エルー、気いつけて帰《けえ》れよ」

友子と悟もまた、同じようなことを言って、エルと固い約束を交わす。

「――また、明後日《あさって》来いよ」

毎度同じ言葉なため、エルはおざなりに尻尾を振ってこたえると、薄らいできた道をてくてくと帰っていった。時々立ち止まっては、うしろをふり返りながら――。

エルと一緒の道行き――浴場通いは簡単には終わらなかった。浴槽《よくそう》を購入しようにも、その肝心の置き場所の周《まわ》りがかなり傷んでいて、まずはそこから手を加えてゆかねばならず、金銭面において、そうやすやすと手が出せない事情にあったのである。
夏の季節になると、土手を行きながら、タギはよく子供たちにこの歌を唄って聞かせた。

われは海の子　白波の
さわぐいそべの　松原に
煙《けむり》たなびく　とまやこそ
わがなつかしき　住家《すみか》なれ

タギの生まれ育ったふる里が、大分県の片田舎《いなか》で、家のすぐ目の前が海という、根っからの海育ちだったせいもあるのだろう、郷愁《きょうしゅう》感漂うこの歌がいまでも頭のどこかに残っていたのかもしれない――。

秋風がそよぐようになってくると、浴場からの帰りは日に日に暗くなってくる。ずらりと並んだ民家の中を抜け出て、鉄管橋の前までくると、外灯が一つも無いため、いよいよ暗さが濃《こ》くなってくる。むろん鉄管橋自体に外灯は無く、タギが提灯《ちょうちん》の明かりをたよりに先頭を歩き、友子と悟がそのあとを続いてゆく。

鉄管橋の通路は、幅の狭《せま》い踏み板を簡易に並べただけのもので、その両脇はスキ間だらけになっていて、一歩でも足を踏み外せば、下に転落するという恐れが大いにあったのである。そのため三人は、一歩一歩に細心の注意を払いながら、ゆっくりと約五〇メートル程の橋を渡ってゆく。

悟は、夜空を見ながら歩くのが好きであった。時には空に自分だけの世界をつくって、おもしろくもない童話をつくったりしてもあそぶ。

お月さんがま~るくて美しい夜は、ひとおもいに月まで飛んで、早速に童話をつくる。

「うさぎさん、うさぎさん、どうしてそんなに飽《あ》きもせず、毎日毎日餅《もち》をつかなければいけんとね？」

するとうさぎさん、白い前歯を二本ちらりと見せて、クククっと笑いながらこんなことを言う。

「それは——地球からはるばるとやって来た良い子たちのために、お腹《なか》を満月——じゃなくって、満腹にさせてあげたいからなんだよ」

「お腹を満腹に……！」

「そう、満腹だよ」

悟はぐるりとまわりを見まわした。——いるいる犬、猫、象さん、トラ、狸《たぬき》——。それに、かけっこともだち亀さんまでがいる。

「ありゃまんま。じゃあ、うさぎさんのお日々が赤いのはな~ぜ？」

「さぁ、なんでだろうかねぇ」

「……」

「きっといまにも笑いが吹きこぼれそうなのを、歯ではなく、目でぐぅと噛みころしているからなんだろうよ」

「目でぐぅと……？」

「見てごらん、あのみんなの顔とあの音を、ひとりひとりじっくりとみた。

耳を澄ませて悟は、動物たちの顔と音を――」

ひとり残らず全員が、たら～りたらりとよだれをたらし、波を打ってるお腹の底からは、

「はやグー、はやグー」と、餅のつき上げを急《せ》きたてている。

また悟は、近くで輝いている星を見ながら歩いても、本気でよくこんなことを思ったりもした。

――あのチカチカと瞬《またた》いている星は、すぐ近くにあるというのに、どうして大人達は行こうとしないんだろう？　長くて頑丈な梯子《はしご》を何本かつなぎ足していったら、簡単にのぼって行けるだろうに――。あっそうか、梯子の重さにたえかねて、あの星さん、たまらず地球にしゃりくり落ちてしまうんだぁ。それで大人達はやさしく気をつかい、そうと眺めるだけにしてるんだぁ。そうかそうか――。

木枯《こが》らしの吹きはじめる冬の季節を前にして、ついに四人の楽しい浴場通いは終焉《しゅうえん》を迎え

た。風呂場の改装が終わり、待望の浴槽がやっとに購入する事ができたのである。この間エルにとっても楽しい道行きであったろう、あっという間の九カ月のことであった。

ちなみにこの当時、一番近くにある星は、誰しもが梯子云々《うんぬん》などと思える程に、チカチカと美しく瞬いていたのである。

正月を二日前にして、年中行事の一つである餅《もち》つきがはじまった。

高山家では、近くの住人二軒が加わって、さても賑やかに餅をつき上げてゆく。杵《きね》を持つ者は、菊蔵、正男を含めて数人がかり、餅の捏《こ》ね役は、もと左官《さかん》をしていた留吉《とめきち》おじさん。昔とった杵柄《きねづか》はだてじゃない。芸術ともいえる手さばきで、威勢のよい声と共に自由自在に餅を捏ねくりまわす。

――ほいっ、ほいっ、ほらきた、ほいっ、ほいっ、ほいっ……

遊びに来ているエルは、邪魔にならないようにと気をきかせて、〈エルの城〉の中から餅つき光景をじーと見つめている。

餅の量は、家族構成によって多少異なるが、大体一軒あたり一斗《と》ほどつく。長期間にわたって自然保存ができるため、食料不足の現在《いま》、それを補うための重要な役割を持ち、また子供のおやつがわりとしても、貴重な役割をになっていたのである。

三うす目の餅がつき上がった。女性群が縁台に並んで餅をまるめてゆく。次の蒸籠《せいろう》が蒸《む》し上がるまでには少々の時間があり、男衆のつかの間の休息時間となった。皆は縁に腰を下ろして、お茶をすすったり、できたての餅を口に入れたりしだした。

これをエルが見逃す筈がない。

「――クウ～ワン！」

一声上げて城の中からとび出した。さも当然とばかりに半身にかまえて、捕球態勢をとる。

「あっ、忘れちょった。エルにもやらなくっちゃ」

餅を一つ持って、悟が縁台から立ち上がろうとした。

「やめれ！」

あわててタギが悟を止めた。

「犬に餅を食べさせたらつまらんぞ。餅はねばりがあって、噛んでも噛んでも小そうならん。そうなると、犬は小そうならんままにかまわずのみ込みよる。そのあげくが、のどに餅がつまる事になってしまうんじゃ」

「ふ～ん……」

放ってやろうとした餅を、そんなものかとちょいと見つめたあと、悟はエルにすまなさそうに自分の口に持ってゆく。

エルはかまえたまま、いつ投げられてもよいようにとじりじりしながらじーと待つ。だが誰もが、ただにやにやとにやついたり、とぼけた顔で餅を口にするだけで、いっこうに投げてくれそうな気配がない。ついにエルの堪忍袋《かんにんぶくろ》の緒《お》がプツンと切れた。

「ワン、ワワンっ！」

怒り狂った声を捏《こ》ね上げて、エルは庭中をピョンピョンとび跳《は》ねまわる。

「おっエル、堪忍堪忍、お前にも何か食べさせてやらんといかんな。ちょいと待っとれよ、すぐに餅よりも美味しいものを持ってゆくからの」

エルのご立腹をなだめすかして縁から離れると、タギはひとまず、正月用に作っていた食物をエルの城まで持ってゆく。

エルは、余程に頭にキていたのだろう、皿が地に着くのを待たずに口をつけ、人目もはばからずガツガツと、大きな歯音をたててあっという間に一つ残らずたいらげてしまった。

縁台の方でどっと笑いが巻き起こった。先程、タギが悟に言った文句が可笑しいという。

――犬に餅を食べさせたらつまらんぞ。餅がのどにつまるから――。

これを要約《ようやく》すれば、つまらんから、つまるという事になる。その言葉のあやが、落語の落ちのようにおもしろいというのだ。

（……!?）

エルは、縁の方に顔を向けた。――皆が、くすくすゲラゲラと笑っている。

（あれは……あたいの食事の仕方がはしたないと嘲笑《あざわら》っているんだわ。――んもう……）

縁側に向かって、エルは一声怒鳴り上げてやろうとした。が出てきたのはなんとも変てこりんな、しゃっくり声だった。

「ワヮ……ふわワッヒンっ！」

怒りにまかせて、食事を急いで掻き込んだため、何かがのどにひっかかっていたらしい。

「餅でなくても、エルがのどにモノをつまらせちょるわい」

誰かが言って、またまた縁にドーと笑いの渦が巻き起こった。

「………」

エルは一言の声もなく、城の奥深くに逃げ込んだ。

バラ色の日々

夏休みのある日、近所の遊び仲間がぞろぞろと、悟の家にやって来た。十名ほどいる。黒川《くろかわ》に泳ぎに行こうよ、と言う。悟は快諾《かいだく》し、折よく顔を見せていたエルも同行させる事にした。

黒川は、川幅がひろく流れがゆるやかで、水も結構美しく、また水深も危険なほど深くはなかったため、子供たちが泳ぐには格好の場所だといえた。

「お〜い、エルー、とび込んで来〜い」

川の中から、悟はエルを呼んだ。

「……」

聞こえないぷりして、エルはプイっとあちやらの方に目を向ける。

「エル〜、こっちの水はあ〜まいぞー」

唄うような調子で、やはり誰かが川の中から呼んだ。

「エル〜、あっちの水はに〜がいぞー」

少し離れて泳いでいる者が、これまた掛け合うようにして叫《おら》ぶ。

「ワンっ！」

空に向かってエルは一声上げる。が、川の中には入ろうとしない。空では入道雲がもくもくと力こぶしの山を築き上げ、ここからさして遠くもない処にある鉄管橋の上空にまで勢力をのばそうとしている。

——なんだ、エルのあの空《から》返事は——。ようし、川の中にひきずり込んで、エルがどんな泳ぎをするか見せてもらうとすっか。

悟は岸に上がった。魂《こん》胆を見すかされないように、空を見上げたりしながら、すました顔でエルに近づいてゆく。

（――ん⁉　あのとぼけすました空々《そらぞら》しい顔……。さては――）

早くもエルは、悟の微妙な目の動きでワルさを悟った。目玉をくるりと一回転させて、じわーと臨戦態勢に入る。

「おりゃっ！」

意表を突いて、悟は声もろとも横からエルにとびついた。すかさずエルはするりと前にとび、三歩と走って足を止め、嘲笑《あざわら》うかのように半身の姿勢で尻尾をぶんぶんと振る。

悟は見事にスカタン食らって座り込んだまま、エルを睨むだけで、すぐには次の行動に移れない。

エルは前足をちょこちょこと動かして、「鬼ごっこ」の誘いをかける。

「こんにゃろうめっ」

まんまとエルに嵌《は》められて、ついに野っ原での鬼ごっこがはじまった。悟はエルを追う。エルは逃げる。エルは逃げてはふり返り、逃げてはふり返りをくり返す。途中から仲間三人が加わって、エルを遠巻きにとり囲む。

しかし、エルは夏草をうまく利用して、大波小波ととび跳ねまわり、鬼たちを嬉々《きき》として翻弄《ほんろう》おちょくりまわす。

エルに適当にあしらわれて、早々と鬼ごっこは終わった。鬼たちは、草の上で全員が仰向けに大の字になり、エルもまた、炎天下での逃走劇はさすがにこたえたのだろう、腹這いになってあごを草地に落とし、ハァハァといまにも死にそうな息を吐く。

悟達は筏《いかだ》を作って遊ぶことにした。といっても材料は、岸辺に群生《ぐんせい》している真菰《まこも》だけである。夏場もいまが盛りとあって、真菰は最高の状態にまで大きくなっている。それを十人がかりで根こそぎ引き抜いて、水面上で次から次と重ね合わせてゆく。百本近く積み重ねたところで見事な筏ができ上がった。

筏には一人が、かわるがわりに乗って、他の者はそのまわりをとり囲み、水上祭りよろしくワイワイオッセと気勢を上げながら、「みこし」を右に左に遊弋《ゆうよく》させる。

九人が乗って、いよいよ最後のひとり悟が乗る番になった。筏のまわりを囲んでいる四人共が悟よりも一つか二つ年下で、目下泳ぎの勉強中といったところだ。他の者はすでに筏から離れていて、近くで勝手気ままに泳いでいる。

筏に乗ると、悟はまず岸辺に眼をやった。目を生き生きさせて、エルがこちらの様子をじーと見つめている。

「うふふふ……。エルめ――」

小さく笑って、悟は船頭四人に筏を岸までもってゆくように頼んだ。もちろんエルを筏に乗せてやるためだ。

おそらくエルは、じりじりしながら待っていたのだろう、筏が岸に着くと同時にぴょんととび乗ってきた。ころばないようにと早速腹這いの体勢に入る。

「こうりゃエル、エラく周《まわ》りをきょろきょろ見まわしちょるが、もしかしたらお前は、今日が『船』に乗るのが初めてではなかろうな？　だったら船酔いしてゲロを吐くんじゃないぞ」

エルの頭をくいと押さえて、悟はちょいとエルをからかってやる。

（フンだ、かえるじゃあるまいし――）

ちょっぴりエルは、おかんむりな顔をする。がすぐにもとにもどして、周辺の景色に目をそよがせる。中でも自分の通り道である鉄管橋から土手の周りにかけては、特に念を入れて見る。

「おっ！　そうやった」

パチンと手を叩いて、悟が声をひびかせた。

「美味《おい》しいものがすぐそこにあるというのに、それをお前たちに教えてやるのを、おおかた忘れてしまうところだったわい」

相手が自分よりも年下ということもあって、悟はずけずけとぞんざいな言い方をする。

「それも手が届くところに、ホントにあるんやぞ。それがどこにあるか教えんでも、お前たちは皆頭が涼しそうやから、見つけ出すのは朝めし前の屁《へ》のかっぱやろ。ということで、誰が最初に見つける事ができるか競争や。いいかみんな、よ～く考えて探すんだぞ。そら、ヨ〜イのドンっ」

考える間を与えず、悟は急《せ》きたてるように号令を発した。

エルを含めた五人はとにもかくにも、悟の言われるままに、目を身体を動かしだした。

――美味しいものが……??

――手の届くところに……??

二人が筏に半分身をのり上げて、真菰の一本一本を丹念に目を通し、あとの二人は筏の下にもぐり込み、手を下から突き上げ、直接手の感触で見つけようとする。エルは自慢の鼻にモノをいわせ、筏の上をくるくるとまわる。

いくら探しても、皆はとうとう、美味しいものを見つける事ができなかった。

「悟ちゃん、美味しいもんなんか、どこにも無いやんっ」

「オレたちをおちょくるために、口から出まかせの嘘をこいたんやろっ」

二人が、カンカンになって、口をとんがらかせて言う。エルは、自慢の鼻がいうことをキ、いてくれなかったらしい。しゅんと頭《こうべ》をたれて小さくなっている。

「ウッフッフッフ……。おっ、お前たちは――ウッフッフ……」

パチパチと手を叩いて、悟は笑いだした。笑いながら、今度は正式におちょくりかける。

「やっぱり、見つけきれんかったか五人さん、みんなそろいもそろって頭のかたちがよく、目がよく、鼻が力いっぱい良いというのに、まっ、どうしたこっちゃろ。おっ、そうかそうやったか、モノの表面ばっかり見て、その内側まで見る目がなかったってことか。う〜ん残念っねんねこねんころりん」

（うんもう、悟ちゃんったら言いたい放題に吹きくさっちゃってからに――。おまけに、「ねんころりん」なんて、変なお飾りまでつけ足すんだから――）

腹這いのまま、エルはくいと鎌首もたげて、キイッと悟をにらみつける。

「しょうがない、じゃあセンセイが美味しいものをちゃ〜んと食べて見せるから、お前たちは目を大きく見開いて、しっかりと見ちょくんだぞ」

にやりと笑って、悟は筏を形成している真菰の一本を手にすると、その根元の部分を、爪《つめ》でくちくちと割り裂《さ》きだした。

皆は、その様子を興味津々《しんしん》に見る。

まもなく割られた根の奥から、玉子の白身のような細い芯《しん》が姿をのぞかせてきた。その芯を宝物にでも触《さわ》るようにして、慎重な指さばきで抜き取ると、悟は五人にひとあたり見せてやる。――鉛筆をまるくしたような感じで、長さは一〇センチ弱だ。

「これがなんとも言えんくらいに美味しいんや」

皆がじーと見つめる中、悟は天に向かって口を大きく開けると、さももったいたらしく、白い芯を口の中にもってゆく。

「悟ちゃん、ホントに食べられるんね？」

ゴクリとのどを鳴らして、ひとりが聞く。

「当たり前っくさたい。食べれるどころか、さっき言ったように、ものすごく美味しいわい」

胃袋の中におさめたあと、悟は断言するように言う。じつは数日前に別の仲間とここに泳ぎに来て、遊びごころから真菰を分解《ぶんかい》し、根っこの白い芯が食べられることを偶然に発見していたのである。

「――で、どんな味ね?」

別のひとりが聞く。

「そうやな、味は――素直でイヤ味がなく、そうかといって淡泊《たんぱく》かといえばそうでもなく、おっとそんなことよりお前たちも一回食べてみろ。オレがいちいち説明せんでもすぐに分かるがな。もしかしたらこれが、『天下一品の味』ちゅうのかもしれんぞ」

真菰の一部が食べられることを発見したのは、自分が最初だと思っているだけに、悟の鼻息はすこぶるあらい。鼻のてっペンをテカテカさせて、しゃーしゃーと吹きまくる。

「天下一品の味が、お前たちには『猫に小判《こばん》』と一緒で、本当の良さというものがいっちょん分からんかもな」

――……。

誰ひとりとして、返事をしない。ただ黙々と「美味しいもの」に向かって指を押しすすめてゆく。

――取り出したぞ。

――おれもや。

ほぼ同時に四人は、白い芯――天下一品を取り出した。それを四人はお互いに見せ合って、おそるおそる口の中にもってゆく。そして――全員が目をパチクリさせて、これまた同時に舌鼓《したつづみ》を打った。

――うま～ひぃ‼

「ほ～らみろ、オレの言うたとおりやったやろっ。お前たちのように、お金に縁がない者にいくらホラを叺《かま》したところで、一銭の得にもならんからな」

「――あのう、さっき悟ちゃんは、猫に小判とかどうとか言うとったけんどが、一体それどういう意味なんね？」

「オレの話を素通りさせていると思うちょったら、耳には残っていたみたいやな。いい質問や、この際やから他の者も、あとあとのためによ～く聞いとけよ」

猫に小判のことは、つい先日兄の正男から話を聞かされたばかりで、まだ新鮮に頭の中に残っている。その時の言葉を真似《まね》て、悟はそっくりそのままに使って聞かせてやる。

「そもそも小判とは、大判小判の金貨のことで、その小判をなんぼ猫の前にこずんでみせたところで、猫はハナから見向きもしよらん。そりゃそうやろ、猫たちの世界では、お金なんかなんの値打ちもないからな」

「それやったら、『犬に小判』も当てはまるやん」

「そうっちゃ、エルちゃんに小判やわ」

エルのうしろ側の位置になっている二人が、おもしろがって、エルの尻尾をちょんちょんとひっぱりながらに言う。

（まっ、失礼な。あたいを猫ちゃんと一緒にするなんて——）

鼻っ柱をプイっと天に突き上げて、エルはちょっぴりムクれたふりをする。

「——ところが犬は、少しばかり猫とは違うみたいやぞ。ほら、お前たちはこの歌をようく知っちょるやろ。——大判小判がザークザクザクザク、っと——」

歌の終わりの部分に節《ふし》つけて、悟はちょいと唄ってみせる。

——知っちょう、知っちょう、「はなさかじじい」の歌や。

口々に皆がこたえて、ともに花が咲いたような顔をする。

「そう、花咲かじじいの歌や。この歌の中に、じつは犬と猫の違いがこっそりと隠されているんや」

きょとんとした顔で、皆はただぼーと悟の顔を見る。

「まずはこの歌を一緒に唄って、その違いを自分で見つけ出してみろ。見つけた者は、大きくなったら大金持ちになれる……かもしれんぞ」

うまく悟にのせられて、皆が唄いだした。

うらのはたけで　ポチがなく
しょうじきじいさん　ほったれば
大ばん　小ばんが
ザクザク　ザクザク

いじわるじいさん　ポチかりて
うらのはたけを　ほったれば
かわらや　せとかけ
ガラガラ　ガラガラ

唄の途中から、筏から離れている者までが唄いだし、にぎやかに二番までいってやっとに終わった。

——ワ～イ。

「ワン！」

ここちよい歓声をひとり残らず全員が、空に、川面に吹き上げ走らせる。

「どうやみんな、この歌で、何か気がついたことはないか？」

一息ついたところで、悟は先程出した「宿題」のこたえを聞く。

たがいに四人は顔を見合わせるが、顔を横にふるだけで、なんの言葉もない。

「お前たちのその石頭じゃ、なんぼ考えてもちょいと難《むずか》しいか——。じゃあ教えてやろう、この歌は、ここを掘ったらお金がザクザク出てくると、犬のぽちが花咲かじいさんに教えてやるといった歌やろ」

——うん……。

「ってことは、ワンちゃんは、猫とは違って人間が、お金が大事なものであるという事がちゃ〜んと分かっちょるということっちゃ」

（あらっ、悟ちゃんったら子供子供してると思ってたら、ぜんぜん見直しちゃったわよ。いつの間にやら、ずいぶんと大人になっているじゃない）

ちょこりと首を横にかたむけて、エルは感心したように、悟の顔をしみじみと見る。

「誰かがさっき言ってた〝エルに小判〟の話やけれども、エルは並みの犬とは違って、すんごく頭がいいやろう？」

誰も、うんともすんとも答えない。ただひたすらに、次の白い芯に向かって指をすすめる。

「で、誰かがエルの前に小判をこずんでやると、エルはあごが外れるのもかまわず、目いっぱい小判を口に咥えて、オレのところにすっとんで来よるがな」

（——れれれっ。ホメられていると思ってたら、あたいがあごが外れてもかまわず咥えるだなんて——）

「ねっ、もちろんそうしてくれるよネ。エルちゃんっ」

「ワっ、ウワワンっ！」

バチンと悟に背中を叩かれて、エルはつい、こころにもない返事をこいた。

裏山での野良仕事を終えて、タギはエルと共に家に帰って来た。縁に腰を下ろして、乾いた喉をうるおそうと家の中に向かってタギは呼びかけた。

「お〜い、ちょぃと誰かぁ、水を一杯持ってきてくれんかー」

シーンと静まりかえっていて、なんの返事もない。

「今日は日曜日というのに、誰も居らんのかえ……」

タギはもう一度呼んで、しばらく待った。が、やはり誰も出てこない。

「ひとりも居らんのかえ。オレとエルが家を留守《るす》にしとるというのに、戸締りもようせんともう」

エルを相手にぶつぶつとこぼしながら、西側の縁にゆくと、ここでもガラ空きになっている縁台に身を這わせて、柱時計をのぞくようにして見た。具合よくボ〜ンと間のびした音を二つひびかせて、時計の針は二時の時刻を指した。

「夕飯の支度に取りかかるには、ちょいとばかり時間があるか……。よ~し、じゃぁエル、のんびりと日向《ひなた》ぼっこでもするかいのう」

タギは納屋からむしろを持ち出すと、陽あたりのよい納屋の前にひろげて、二人は日向ぼっこの世界に入った。目の前では、庭に解放されている数羽の鶏が、自由時間を思う存分《ぞんぶん》自由気儘に楽しんでいる。

石段が下駄《げた》で鳴りだした。エルがすっくと起き上がる。菊蔵が、珍しくにやにやしながら帰って来た。エルの頭を一撫でしたあと、タギに二言三言話して、さも嬉しそうなうしろ姿を残して家の中に入ってゆく。

「エル、蚤《のみ》でも取ってやろうかいのう」

足を前にのばして、エルの頭を太腿《ふともも》の上にのせると、タギは慣れた手つきで、いつものように毛並みを掻き分けだした。

エルは瞼を薄目に閉じて、心地よく手足を長々とのばし、「これがホントのバラ色の人生ョ」といった至福《しふく》の顔をする。

門の扉がピラリと開いた。エルがもそうと鎌首《かまくび》をもたげて門を見る。それにならってタギも目を向ける。

にこにこしながら、門を背にして悟が立っている。エルは別に起き上がろうともせず、再び膝枕の中へと入ってゆく。

「おぅ、帰って来たか（お強いさん）。おぅおぅ、またようけに貰《も》ろうてきたのう」

むしろの上に悟が並べたものを、ざっと流すように見て、タギはぎょうぎょうしくホメちぎってやる。鉛筆が三本と、ノートが一冊、それに十二色入りのクレヨン一箱だ。隣村で行われた宮相撲での戦利品である。

「こうりゃエル、オレが帰って来たというのに、知らんぷりをしやがって――」

眠ったふりしているエルの横っ尻《ちり》を、悟はヘタヘタと叩いてやる。

（んもう……）

エルは目を開けようともせず、いかにも億劫《おっくう》そうに、尻尾をしゃましゃまとふる。

「悟、三人抜きをやらかしたそうじゃのう」

「なにっ、なんで、おっ母ちゃんがそんな事を知っちょるん……？」

蚤取り作業に余念のないタギの顔を、悟は不思議そうに見る。

「いましがたお父っちゃんが帰って来て、お前の話を聞かされたばかりじゃ。お父っちゃんな珍しく小躍《こおど》りしながら家ん中に入ってゆきおったわい。今頃は機嫌ようラジオの前で、浪花節《なにわぶし》でも聴いとるこっちゃろうたい」

（やっぱり……）

あれは、そうだったのかと悟は思った。思い当たるふしがあったのだ。

――今日の相撲で、最初に対戦した相手は、同じ三年生ながら悟を上から見下ろすような巨漢《きょかん》であった。その相手に対して、悟はもぐり込むようにして四つに組んだ。があっという間に、土俵の中央で仰向けにころがされてしまった。

その時、ほんの一瞬ではあったが、大勢いる観衆の中に、あわてて顔をそむける父、菊蔵の顔を見たような気がしていたのである。しかし、あまりにも無様《ぶざま》な負け方に、悔《くや》しさが頭の中でごうごうと燃え上がり、完全に菊蔵のことなど、土俵の外、遠くに吹きとんでいたのである。

三人勝ち抜き相撲がはじまった。

悟は、二人を勝ち抜いた。そして、三人目に土俵に上がってきたのが、緒戦《しょせん》の単騎戦でものの見事に天を仰がされた、あの憎っくき巨漢である。

巨漢は、悟から一度大勝しているせいか、不敵な笑いを浮かべて、余裕しゃくしゃくに四股《しこ》を踏む。悟は、前回の対戦で敗れた時から、これぞという必勝の秘策を練《ね》りに練っていた。それを実行する時がやっとに今きたなと思った。

二人は立ち上がった。と同時に悟は裂帛《れっぱく》の気合いを発して弾丸と化した。弾丸は低い弾道を残して、巨漢の胸の中にめり込んだ。虚《きょ》を衝《つ》かれた巨漢はなす術《すべ》もない。どどどっとうしろに下がって、悟を腹にのせたまま、土俵の外でどすんと地を鳴らしめた。

土俵の周りが、シーンと静まりかえった。まさかの結果に、一瞬、誰もが自分の目を疑ったらしい。そして数秒後、割れんばかりの拍手と歓声がどっとどよめき起こった——。

（――そうか、あの時顔をそむけたのは、やっぱりお父っちゃんだったんや。堅物《かたぶつ》のお父っちゃんがこっそりと見にきちょったんや……）

「ぷふっ！」

おもわず悟は吹き出した。

「どうした悟……？」

目をエルから悟に移して、タギは訝《いぶか》しそうに聞く。

「お父っちゃんが――うふふふ……」

とうと悟は、腹をゆすって、本格的に笑いだした。人差し指を菊蔵がいるだろうラジオがある方へと向けて、ちょんちょんとつついて、見せる。

「こっそりと見にきて、またこっそりと家に帰っていたのが、どうにも可笑しくなって――」

「そう言われてみれば、それもそうじゃのう」

菊蔵の日頃が日頃〝きまじめ〟なだけに、タギも可笑しくなったらしい。太腿を波打たせて、エルの眠りにおかまいなく笑う。

（何かおかしなことでも……あったのかな……？）

ゆりかごをガタゴトゆすられて、エルは「バラ色の人生」から目を醒《さ》まされた。寝ぼけ眼《まなこ》で、タギと悟の顔を交互に見る。

（――なんでもなさそう……ネ）

ひだまりみたいな二人の笑顔を見て、エルは再びゆりかごの中へともぐり込んでゆく。

「こうりゃエル、たいがいにしてもう起きてもいい頃やろっ」

エルの脇腹をこちょこちょくすぐって、悟はむりやりエルを、ゆりかごの中からひきずり出してやる。

「――（ウワワワ）ワンっ！」

たまらず悲鳴を上げて、エルはとび起きた。が、どうにもこうにも、頭の中の色がすっきりしない。これみよがしに大きな生欠伸《なまあくび》を一発、わざとに叺《かま》す。

「こいつめ……。ようしエル、眠気ざましに一丁相撲をとるぞ」

（相撲……！　バカをおっしゃい、相撲だなんて――）

エルは、ぜんぜんやる気がない。プイッと顔をそむけて、フンをする。だが悟は、まだ三人抜きをした余韻《よいん》が体に残っており、まだまだ鼻息が相当にあらい。いやがるエルをむりやり二本立ちに立たせて、有無《うむ》を言わせずがっぷり四つに組んだ。

「エルー、遠慮《えんりょ》せんと、悟なんかひとおもいにひねりつぶしてしまえ」

手を叩いて、タギはエルを応援する。

エルは、困惑《こんわく》の色をありありと顔に浮かべて、迷いに迷う。

（ホントにホントに……本気になっても……いいのかなぁ……）

しっぺ返し

いつものようにエルは鉄管橋を渡ると、土手を南に向かって歩きだした。

逆の方からは、男が一人、エルの方に向かって歩いてくる。一見のんびりと歩いているように見えるが、うしろ手に何やらを隠し持っている。

エルはその男とすれ違おうとした。とすれ違いざまにピュンと空気が切り裂《さ》けた。間一髪《かんいっぱつ》エルは横にとび跳ねた。安全と思えるところまで離れて、エルはその男をキッと見た。

——狼《おおかみ》のような鋭《するど》い眼をしていて、手には針金の輪《わ》っぱを持っている。

危険を感じて、素早くエルは土手の下に駆け降《お》りた。男も駆け降りる。エルは川辺伝いに必死に逃げる。男は執拗《しつよう》に追う。男は狼らしく足は速い。だがエルは、すばしこい動きと、この土手の地理に詳しい地の利を活《い》かして、なんなく逃げまわる。——男は息を切らせてついに諦めた。男の正体——狂犬病予防技術員、である。

世間では、犬捕りまたは犬殺しと呼んで、犬や愛犬家たちからすれば、まさに恐怖の必殺仕置人といえた。

狂犬病が流行《はや》りだした為、国の方針に従って、放し飼いの犬を捕獲しているのだ。並の犬ならいとも簡単に虜《とりこ》となり、たとえ飼い犬であったとしても、家の外で捕えられたら、その犬の人生は、それこそ一巻の終わりとなってしまう。法制上、里親は愛犬といえども、もう助け出す事はできない。むろん拝みたおしや、袖《そで》の下などは通用しない。

「――まだかいな……」

そわそわしながら、鳥打帽を被った男はぽつりとつぶやいた。場所は新堀川の水門の近くで、土手の終点ともいえる道のつきあたり、傍には自転車を置いている。待つこと数十分、二本目の煙草に火を点けようとした時、男の目がキラリと光った。

（やっとおいでなすったか……）

にんまりと口をゆがめて、男はやって来る者に眼の焦点を合わせた。――白っぽい者が、こちらに向かっててくてくと歩いて来る。

待ち人――エルだ。

男は駐車している自転車にのると、そのまま身体を浮かせて、エルのさらに向こう遠くに眼をやった。――自転車にのった相棒が、エルから少し離れたうしろから、ゆっくりとエルの速度に合わせてペダルを踏んでいる。

（頃はヨシじゃな。じゃあ儂《わし》もぼちぼち「お迎え」にゆくとするか）

男は自転車を土手に向かって走らせだした。早くもポーと顔を赤らめている。

自転車の両者は、エルの前後からさり気なく距離をちぢめてゆく。二人共がうしろの荷台にこっそりと、必殺道具――針金の輪っぱを布の下に潜《ひそ》ませている。いわずと知れた必殺仕置人だ。

エルは、土手の中程にさしかかった。仕置人は、エルから少し離れたところで自転車を下りると、輪っぱを背中に隠してそうとエルに近づいてゆく。

(……ん⁉)

ただならぬ殺気を前後に感じて、エルはまずうしろを振り返って見た。

(れっ！　あいつは――)

先日襲ってきた狼眼の男が、そらとぼけた顔でじわじわと近づいてきている。

(あらそっ、今度は二人がかりであたいを挟み撃ちにしようって胆《はら》なのネ。よくもまあ、平気でさもしい事をさっしゃること。フンだ。捕まえられるものなら捕まえてみろってんだ。このバ〜カ)

舌をペロリと出して、エルはあわてず騒がず、新堀川の方へと土手を下りてゆく。

「それいっ」

気合いを発して、仕置人二人も土手を駆け降りてゆく。その速さは、エルの計算をはるかに上まわっていた。徐々に逃げ場をうしない、ついにエルはこの土手にしては草深い場所にと追いつめられた。

（――ららら……。くっ、草が――）

足にまとわりついて、思うように足を動かせない。

「うふふふ……じたばたしたところで、もうふくろのねずみじゃわい。かよわいかよわい……小羊《こひつじ》ちゃんっ」

「ウフフフ……。『青草に　あんよとられて　もらい輪ァッ‼』か。洒落《しゃれ》た捕えられ方をする犬もおればおるもんじゃのう」

「うふふふ……」

「ウフフフ……」

エルを左右から挟んで、もう捕まえたも同然とばかりに仕置人は言いたい放題からかい、おちょくりかける。

絶体絶命――。

まさにそう思われた時、エルは渾身《こんしん》の力をふりしぼって空にとび上がった。そのまま脱兎《だっと》のごとく走って、川の中にどぶんととび込んだ。岸まで追った仕置人は、すんでのところで両手をぴらぴらさせて、危うく川の中に落ち込むのをさける。

エルは対岸まで泳いでゆくと、柳の木の下を通ってゆっくりと台地をのぼり、そこで仕置人にプイっと尻を向け、プルプルプルンと悪ふざけの水切りをする。

「なっ、なんじゃいあのざまは……」

「ケッ、ケツでわしたちを愚弄《ぐろう》しちょる」

顔を真っ赤にさせて怒り狂うが、行く手を川に阻まれて、仕置人はどうする事もできない。

エルは正座をすると、今度は腰を据えて、真正面から仕置人をじっくりと見た。

（素早さと人相の悪さは、一人そろって素直に納得できるけど、じゃあ頭の中はどうかしら？　ためしにもひとつおまけを叺《かま》してやっか）

仕置人がよく見えるように、身体の向きを横向きに変えると、エルは天に向かって鼻をツンと突き上げ、大きくひらいたあごをうしろの足で、さも心地よさそうにコジコジと掻きほじらせだした。しかもおまけの横目を仕置人に、時々ニヤリとくれてやりながら――。

――ムムムム……。

――とんだワル犬……小羊め……。

わなわなと輪っぱをこまかく振るわせて、仕置人は地団太《じだんだ》を踏んでカッカと頭に血をのぼらせる。

いつしかエルは、仕置人連中のあいだで、ワル賢い犬としてすっかり有名になっていた。

二つの家をエルが往復している事は、仲間うちの情報網で、とくと知れわたってはいたが、未だにどうする事もできないでいる。

エルを取っ捕まえて、手柄《てがら》にしたい――。

誰もがそう思っている。仕置人にとって、エルは、まさに賞金のかかった指名手配人のように、今ではあこがれの標的《まと》、垂涎《すいぜん》の標的になっていたのである。そんな中、二人の仕置人が、考えに考えた末にこれぞという必殺の妙案《みょうあん》をひねくりだした。

その一人は、頭がつるつる天のタコみたいな男。

もう一人は、顔が四角ばり、目ん玉がとび出たカニのような男だ。

「この作戦が万が一にも失敗したら、俺達も男らしく、きっぱりとエルから手を引こうぜ」

「心配するなって、今度はエル公といえども、夢うつつのままにおだぶつだわい」

「でもエルは、俺達とは違って、とびっきりに頭がいいけんのう」

「おいおい、まさかお前は……俺達までが、エル公にケツであしらわれると思うとるんじゃないやろな」

「いやいや、そんなけったくそ悪いことなどこれっぽっちも思うとらんがな」

エルが鉄管橋を渡りだした。

「やっとに来なすったか。評判の、ワル賢いエル公――カモちゃんが……」

土手の中間地点で見張っていたタコは、にんまりと口元をゆがめてぽつりとつぶやいた。

エルがやって来るのを、今か今かと首を長くして待っていたのだ。エルが橋を渡り、こちらへ向かって来るのを確かめてから、傍に置いてある自転車にとびのった。早くも顔を赤らめ、カニの待つ、新堀川の水門へとぶっとばしてゆく。

カニは、水門の操作《そうさ》台上で待機していたが、タコの手の合図で水門から下りると、近くにある雑貨店に走って、計画どおりに饅頭《まんじゅう》を六個買った。

早速にタコとカニは、水門の横で作戦の前作業に取りかかった。前もって準備していた木箱の中から注射器と容器を取り出すと、次から次へと六個の饅頭に、万遍《まんべん》なく水溶液を注入してゆく。

「ようしこれでよしと。あとは……」

「小一時間待たるる宝船――やな」

（――うん、なんで⁉　仕置人の臭いがぷんぷんするのに、殺気がちっとも感じられない……）

前方に眼をとんがらかせて、エルは足の運びを止めた。十メートルほど先で、怪《あや》しげな男が二人新堀川を見下ろしながら、ごく普通に立ち話をしている――ように一見《いっけん》見えた。

（な～るへそ、危険が感じられないのは、二人共が輪っぱを持ってないからなのネ。でも、これにはきっと裏に何かが隠されているんだわ。フンだ、クサイ芝居をしてからにもう――）

目の神経を後方に残して、エルは土手をゆっくりと下りてゆく。

「チェッ、エル公め、直接手渡しで、饅頭をありがた～くくれてやろうと思うとったんに、ひとの親切を無にしやがって——」

「そこがエルの凄《すご》いところやろ。まっ、しょうがないわい」

苦笑いしながらタコとカニは、作戦どおりに饅頭を手にすると、エルの頭上めがけて同時にふわりと投げた。

——ほうりゃ、ワンちゃんっ。

むろんエルは、饅頭だとは知らない。落ちてきたモノを見上げて、素早く地を蹴《け》った。前へと数歩走って身をかわす。

二人はすかさず、二個目の饅頭を放ってやる。エルはうしろ側に跳《と》んで、敵のウラをかく。

——予想していたとおりにしおるわい。

二人は今度は、エルがどちら側に逃げても目に入るように、タコはエルのかなり前方に投げ、カニはかなり後方に最後の饅頭を放り投げた。

エルは、それを落ち着き払ってやり過ごす。

「エル公め、どっちの饅頭にも近づいてゆこうとせんぞい」

「いや、ちょっと待てよ。——ほうら見ろっ、お前が投げた方に、エルが近づいてゆくぞ」

カニの言ったとおり、鼻づらを低く下げてそろりそろりと、エルが用心深く饅頭に近づいてゆく。

「どうやら俺達の作戦は、どんぴしゃりと当たったたごとあるな」

「あぁ、あの様子やと、エルは間違いなく食いつくやろ」

草と草の間からそうとのぞくようにして、エルは最後に落ちてきたモノを見た。

（な〜んだ饅頭じゃない！　でもどうして、また饅頭なんかを……？）

解《げ》せないといった顔で、エルは土手の上を見た。——怪しい二人が腰に手を当てて、ニヤニヤしながらじーと見下ろしている。

（別に襲ってくるふうでもないし、ほかの饅頭もひとあたり拝見してやろうかな）

散らばって、草の中に沈んでいる饅頭を見つけ出しては、その一つ一つにエルは鼻をすり寄せてゆく。

「エル公め、どれから手をつけるか、ちょっくら迷っちょるごとあるな」

「俺達が上から見ちょるきに、恥ずかしくてよう食べれんのやろ。俺達がおらんごとなったら、待ってましたとばかりにバクバク食べよるがな」

「ガハハハ……。所詮《しょせん》は犬ちゅうもんよ」

「こん次俺達がここに来た時にゃ、エルは大いびきをかいてもう夢の中じゃわぁ」

「ひばりの子守唄でも聞きながらのう」

作戦がうまくゆきそうな雲行きを見て、タコとカニはどっかと尻を道端に落とすと、なおも特技の「墨《すみ》」と「泡《あわ》」を吹きに吹きまくる。

「できる事なら、エル姫サマが饅頭をお召《め》しあそばされるところを、じっくり拝見させてもらいたいところやけんどものう」

「恥ずかしそうに、まわりをキョロキョロと見まわしながら――か」

「まっ、二、三個も召されりゃ眠気がくるじゃろうが、それでもエル姫サマはこの際とばかりに、とことん召され続けてゆく――」

「そうじゃ、欠伸《あくび》が出るのもなんのそのじゃ」

「そしていつの間にやら意識が遠くにとんで、ごろりんこと横にお成りあそばされる――」

「あぁ、二個も饅頭を残してのう。あぁもったいない――」

「ファっハっハっハ……」

「ワっハっハっハ……」

「というところで、ひとまず俺達はここから消えて、どこかで一眠りでもするとすっか」

「そうじゃな、〝果報《かほう》は寝て待て〟というからの」

タコとカニは、「獲《と》らぬ犬の皮算用《かわざんよう》」を長々と吹きまくって、ひばりさえずる土手をいったんあとにした。

饅頭をばら蒔《ま》いてから一時間後、タコとカニは、エルが眠っている筈の場所へと自転車を走らせた。タコは抜かりなく、うしろの荷台に、エルを収納するための布袋をのせている。

「おい、とうとうやったな。饅頭が見当たらんぞ」

土手を下りた途端に、タコが声を吹き上げた。

「そうのごとあるな」

「エル姫サマは、どこでお眠りなさっていらっしゃるかな」

「もしかしたら夢うつつにふらついて、遠く離れた処で眠っとるかもしれん。二手に分かれて探そうぜ」

まだ春が浅いせいか、草はそれほどに伸びてはおらず、ただたんぽぽだけが、一足先に背丈を伸ばして、膝《ひざ》の上あたりで黄色い花を咲かせている。

「おっ、お～い」

カニが変な声——泡《あわ》を吹いたような声を上げて、タコを呼んだ。

「おっ！（カニさん、もうめっけたか）」

踊るようにしてタコは走りだした。カニの背中が近くになったところで呼びかける。

「——エっ、エル姫サマは、ぐっすりとお眠りか？」

「………」

カニはこたえない。黙ったまま足下に目を落している。

（フッフッフ……。奴っこさんらしくもないな。さてはエル姫サマの美しい寝顔に、感激の涙でもくれちょるか――）

「おいっ、ついにやったな」

バチンと背中を叩いてタコは、頭に描いてきた「エル姫サマの寝顔」をカニの横からパッと見た。そして「なっ‼」と言ったきり、声を失った。

「見てのとおりじゃわい。――じつによう眠っとる」

「う〜ん……」

唸るだけで、ホラ吹きタコといえども、さすがに一言の言葉も無い。

二人の前で眠っていたのは、エル姫サマではなく、一羽のカラスであった。それも春の若草を褥《しとね》にして、満腹になった腹を息づかいと一緒にくねらせながら、じつに気持ちよさそうにスヤスヤと眠っている。

「あの顔は、世の中万々歳《ばんばんざい》といった顔やな。あれを見せつけられると、饅頭を横盗りされたというのに、なんだかいい事をしたような気がして、腹の立てようがないがな」

「とんだ姫じゃったわい。こいつめ、のんきに欠伸《あくび》でもこいていやがる」

「ところで、エル姫サマはどこでお眠りなさっていらっしゃるのかな？」

「おうよ、餌《えさ》をたらふく食べて、もう仰向けに大の字になっとる筈やがの」

「なに！　エル姫サマが仰向けに大の字じゃと！　よくもまた、そんな大それたことをズバリと言ってくれるものよのう。ウフフフ……」

「ウふふふ……。いま頃、エルは夢の中でくさめでもしてござっしゃるわー」

仲良く時代調の笑いをふりまいて、二人は再び左右に分かれてエルを探しにかかった。

「おうい、見つけたぞう」

今度はタコが声を吹き上げた。

「おっ！　そうか、そうこなくっちゃ」

　エルちゃん　饅頭につられて
　ついに運のつき……か。

くさい戯《ざ》れ言《ごと》を吹《かま》しながら、カニは横這いさながらにタコのもとへと走ってゆく。そして——。

「エル」を見た途端、カニはカクカクあごを空打《からう》ちさせて、ピョコリと目玉をはね上げた。

「——また、カラスの野郎か……」

「こいつとさっきの奴とは、たぶん夫婦《みようと》ガラスじゃろ」

「夫婦そろって、真っ昼間から、満腹のスヤスヤときたか。このぜいたくドガラスめがっ」

「おい、こうしてカラス共がぐっすりなところをみると、眠り薬の効《き》き目は十分じゃな。エル公は、絶対にどこかで眠っちょるぞ」

「いや、それはどうかな」

沈んだ声で、カニがぽそりと言う。よく探偵《たんてい》が考え込む時にするように、腕を組んで、片方の手をあごの下にそえている。

「あの賢いエルのことじゃ。カラス共が饅頭を食べる一部始終をこそっと見ていて、俺達の作戦を見破ったのかもしれん」

「まさか……」

反射的に疑念の声を口にしたものの、タコはなぜだか、カニの真実味を帯びた推理が本当のことのように思えてきた。

「まっ、俺が思ったことが当たらん事を願って、どうせ乗りかかった船じゃ、もうひとふんばり汗を流すとするか」

二人は、笹尾川が流れる土手の反対側にも行って探してみた。しかしどこにもエルの姿はなく、二人は再び新堀川側にかえって、今度はさらに遠くにまで足をのばしてみる。

「なぁおい、一体こりゃどうなっちょるんじゃい。俺達ゃあ、カラス共に饅頭を食わせるために、ただ走りまわったとかいのう」

「う〜ん、残念ながらどうもそうらしいごとあるな」

「しょうがない、このあたりでそろそろ退《ひ》きあげるとすっか。足はくたくたになるし、饅頭代は損をするし、踏んだり蹴《け》ったりじゃわい。え〜い、エルのくそったれめがっ」

「う〜んエルめっ。あれだけいまにも食いつきそうな素ぶりを見せときながら、一つも手をつけやがらんとは——。なんともまぁ用心深い奴っちゃわい、用心するにもほどというもんがあろうにの」

「それよ、ひとがせっかく美味しい饅頭を食べさせて、夢ごこちにさせてやろうとしたんに、エル公め、それを無にしやがって——」

お互いに好き勝手なことを言い合いながら、二人は自転車の置いてある方へと土手の裾《すそ》を歩いてゆく。

「ウおいっ！」

スミを吐くような声を上げて、タコが尻からどすんと落ちた。

「おい、どうした？」

タコから少し離れて歩いていたカニが、うしろから聞く。

「いや、ちょいと足がつるっとすべっちまってな」

なんでもなかったようにさっと起き上がると、タコは再び歩きだした。

「おいっ、ちょっ、ちょっと待てや。——尻《ケツ》に何かがついとるごとあるぞ」

「なんじゃろう？……」

そう気にもせず、タコは尻に手をやった。と手がぬるりとすべって、何やら生《なま》あたたかいものをにゅるりとつかんだ。

「ん!?……」

変な感触に、タコはそのまま手を横にずらせて、怖いものでも見るように、肩ごしにじわーと見下ろした。──山吹色した粘着物が、手のひら全体にべっとりとねばりついている。

「なっ、なんじゃこれは……?」

手を目の高さまで持ち上げて、タコは目を凝《こ》らしてようよう見た。

「──こっ、これは……‼　糞《くそ》っ、糞じゃ、糞を踏んじまったわい」

「なにい、糞じゃと……?　ホントかよ」

タコの尻に顔を近づけると、カニは鼻をゆがめて、念を入れて見た。

「う〜ん、これは間違いなく糞じゃな。尻全体についとるが、新しいからやろ少し湯気が立っとるみたいやぞ」

「おう、なんたるこっちゃ。こっ、これはどう見ても犬の糞じゃわい」

「あぁ、たしかにこの色あいからすると犬の糞じゃな。それもでき立てのホヤホヤときとる」

「おっ、おい、ちょっと待てよ。これは、もしかしたら……」

「もしかしたら……」

ゆっくりと、二人は相方の顔に自分の目をもってゆく。そして、とび出させた目をピョコリと剝《む》き上げて、二人は同時に吐き出すようにして言った。

『エルの糞っ‼』

タコのつるつる天頭が、あっという間に茹《ゆ》で上がった。真っ赤になった顔で、草という草に、手当たり次第、尻当たり次第に八つ当たりする。

「エル公め、饅頭のお返しを、選《よ》りに選って始末の悪い糞でしやがって――」

「うっ、う〜ん。やっぱりエルは、ただの犬ではなかったか、う〜ん……」

「おいこらっ、変なところで感心するなよ。俺の身にもなってみろ」

靴《くつ》と尻に付いた糞を草で拭《ふ》き取りながら、タコはぴょいと口をとんがらかせて、カニに一《ひと》言《こと》文句をつける。だがカニは、それをどこ吹く風と聞き流して、ぷくぷくとマンガみたいな「泡《あわ》」を吹き上げる。

「こりゃどう転んでみても、映画の世界じゃぞい。そうじゃのう、エルが主役で、カラス共が、危ういところで主役を助けるという、よいとこ取りのおいしい善人役じゃ」

「だったら、俺たちゃなんじゃい？」

「悪役に決まっとるやろ。それもどこかがちょいと抜けた、おっちょこちょいの間抜けな役、といったところじゃわい」

「おぉ。なんたるこっちゃ。犬に馬鹿《コケ》にされた上に、間抜けな悪役になろうとは――。あげくの果てが、何日か前には俺達の仲間がケツであしらわれ、そして今日は、俺が糞であしらわれたってことか」

「まっ、そういうこっちゃな。これでエルを捕まえるという夢を、きっぱりと諦《あきら》める踏ん切りがついたというこっちゃ。『糞切《ふんぎ》り』がのう」

「踏ん切りかぁ、フン……‼　おっ、おいこらっ、お前は、遠まわしに俺をからかっちょるな。（このカニ野郎めがっ）」

さもしい気転を働かせて、カニがタコの前を歩いてゆく。タコのうしろを歩けば、まだ靴や尻に残っている臭みを、まともに鼻が食らう事になるからだ。

自転車の置いてある、道の下まできた。斜面をのぼろうと、カニがその一歩を上に上げかけた。と足がすべって、すとんと尻から落ちた。

「こうりゃ、クサイ芝居をまたようしてくれるのう。俺がこけた時の格好をそっくりにマネしやがってからに、もっ、もう――」

タコは、カニがわざとにからかい芝居を打ったのだと思った。座り込んだままになっているカニの両肩をぐいと押さえて、ぐりぐりと「お灸《きゅう》」をすえてヤル。

「やっ、やめろっ。尻がぐにゅぐにゅしてかなわんわい」

「なにいっ、尻がぐにゅぐッ……‼」

ピクリとタコの鼻が動めいた。じわりとうしろに下がって、カニの尻あたりを見る。別に変わったところはない。が、それでもかすかに臭いが立ちのぼってくる。

「俺としたことが、みっともない不覚《ふかく》をとってしまったわい」

かるく言い訳しながら、すっくとカニは立ち上がった。

「ウッ‼」

たまらずタコは、目を閉じ鼻をつまんで息を止めた。

「おいっ、ケっ、ケツを見てみほっ」

わざとにタコは、顔をそむけて、露骨《ろこつ》なまでに強く鼻をつまんで言う。いままでさんざんからかいおちょくられているだけに、そのお返しだといわんばかりに――。

「ん！（俺もやっちまったか……）」

さすがに探偵小説が好きなカニ。鼻声を聞くと同時にピーンときた。――タコの二の舞を喰らったと――。

目玉をとび出させて、カニはこわごわと尻を見た。――タコと同様、湯気をぽわぽわ立てながら、山吹色一色でねっちょりと、世界地図が大きく描き抜かれている。

「くっそう」

糞怒《ふんぬ》の形相《ぎょうそう》もすさまじく、握りしめたこぶしをぷるぷるふるわせながら、カニは先程タコがそうしたように、そこいらじゅうの草という草に八つ当たりする。

「これがふホントの、くそガニの横這いというもんひゃろ」

鼻をつまんだまま、タコは小声で嗤《わら》う。

「おいっ、いま何か言うたか？」

「いや、何も……」

ふり返ったカニに、タコはあわてて手を鼻から放す。

「エルの奴が、罠《わな》を二個所も仕掛けとったとはのう。なんともまぁ、あくどい事をするもんじゃわい」

「なぁおい、エル公はどうして、俺達が糞のある場所を歩くと分かっちょったんやろか？」

「おうそこよ、そこがエルの頭の見せどころだったんやろうよ。なにしろエルは、この土手のことならとことん詳しいやろうからな」

「早い話が、俺達はやられるべくしてやられて、落ち着いた先が〝んのツキ〟って事か」

「そうじゃ、それも二人仲良く平等にな」

二人は、エルから頂いたモノを草たちに、きれいさっぱり「おすそわけ」すると、土手の中腹にどっかと腰を休ませた。

「エル公の奴、俺達のこのザマをどこぞからこっそりと見ていて、今頃は腹をかかえて嗤《わら》いころげちょるかもしれんのう」

「あのエルのことじゃ。おそらく最後の最後まで、俺達の様子を見届けるこっちゃろうよ」

「最後の最後までか……」

かくてタコとカニの大捕物劇は、エル姫サマよりイヤというほど山吹色の黄金を頂いて、一件落着とあいなった。

「クックックック……」

「クックックック……」

どちらからともなく、二人は鳩が咳《せ》り込むような声をもらして、肩を前後に大きくゆらかせだした。

『クックックッ（そう――）』

二人の波長《おもい》がピタリと重なり合った。そろりと首をまわして、目と目を合わせる。

タコは、まんまるい目を

カニは、とび上がった目を

二人の頬がぷうと大きくふくらんだ。そして――

萌《も》えあがってきた同じおもいを唾《つばき》と共に、天に向かって一気に爆発させた。

『ヴフワッハッハッハ……』

お笑いの天使

「ニャ～オー」

いきなりうしろから、悟は猫に呼び止められた。隣村で面子《めんこ》遊びをしてからの帰り道、村外れにさしかかった時である。

悟はふり返った。ちょこちょこと猫が近寄ってくる。仔猫だ。乳離れしてからまだ間もないのだろう、手のひらにかるくのるほどに小さい。

「よう、チビちゃん」

腰をかがめて、悟は近づいてきたチビの顔をようく見た。瞳《め》が光り輝いていて、いまにも何かイタズラをやらかしそうな、そんな面《つら》がまえをしている。毛の色は、灰色の地毛に淡い黒の縞《しま》が入った、いわゆる雉柄《きじがら》猫で、その柄が愛敬《あいきょう》のある顔と相まって、プッと吹き出したくなるほどによく似合っていた。

（――見れば見るほど、おもしろい顔をしちょるわい……）

「おいチビ、せっかく呼び止めてくれたというのに、話すヒマもなく、残念ながら日が暮れてきたわい。今度また会った時にゆっくり話をするとして、今日はこれでバイバイしよっ。おもしろ可笑しこちゃんっ」

小さく手を振り振り立ち上がると、悟は裏山の裾伝いの小道をのぼりだした。仔猫は小首をかしげて、悟のうしろ姿をじーと見ていたが、期するものでもあったのだろう、急に悟のあとを追いかけだした。そして追いこすなり、再び悟を前から呼び止めた。

「ニャ～オイ」

「れれっ、こ、こいつ……」

苦笑いしながら、悟は仔猫の前に座り込むと、今度は瞳の奥深くまでじっくりと見た。

――先程とは違って、顔がキリリとひき締《し》まり、目の色もあきらかに変わっている。何かを訴えかける、そんな瞳《め》だ。

悟はエルとの長いつき合いで、動物の心の襞《ひだ》というものが、大体読み取れるまでになっている。

「そうか、お前はまだどの家にも飼われてなかったのか。だったらオレん家《ち》に来いや。お前のおもしろい顔を見たら、みんなが喜ぶこと間違いなしや。ようし決まった、チビよ来いっ」

地面すれすれのところで両手をひろげて、悟は仔猫をまねく。

「ニャオー！」

待ってましたとばかりにすっとび、チビは手の中に入る。

「うふふふ……。こいつめ、オレの気が変わらないうちにと、大急ぎでとび込んで来やがった」

歩きながら、悟は仔猫の性別を確かめてみた。――雄《おす》猫だ。

「やっぱりそうだったか――。どうりでイタズラを今にもこきそうな面構えをしている筈や。こりゃこりゃチビ介《すけ》」

悟はもう嬉しくて仕方がない。棚《たな》からぼたもち式に入ってきた、おもしろ可笑しこちゃんを胸に、早速ヒヤかしにかかる。

「家に帰ったら家族が大勢いるし、それにワンちゃんが一日置きに遊びに来るから、みんなとうまくやるんだぞ。あっそうか、オレに言われなくても、お前は頭の回転が人一倍速そうやから、そんな事はぜんぜん心配ないか――」

初日こそ、仔猫はなんともしおらしくしていたが、その翌日にはもう、家の中を遠慮会《えんりょえ》釈《しゃく》もなく走りまわるようになった。その天真爛漫《らんまん》なふるまいは、一家全員の笑いを誘い、平々凡々《ぼんぼん》だった日々の生活を、たちまちに和《なご》やかなものへと変えていった。

また、仔猫がこの家にきた初めの頃は、家族の者は見た目のとおりおざなりに、チビチビとかるい気持ちで呼んでいたが、ある日誰かが呼んだ「チョビ」が発端《ほったん》となり、それがそのまま仔猫の正式名に定着してしまった。

タギは、しょっちゅう足にからみついてくるチョビに、時々「これこれっ」と叱《しか》って迷惑そうな顔をする。が内心はそうでもないらしい。チョビが離れてゆこうとすると、あわてて呼びとめ、「お笑いの天使さんっ」などと調子のいいことを言って、チョビのご機嫌をていよくなだめすかしている。

チョビは、一日置きにやって来るエルとも、数日と経たないうちに大の仲良しになっていった。エルがやって来ると、キラリと目を光らせて、たとえ家族の者と遊んでいる時でさえ、それをそっちのけでエルのもとにすっとんでゆく。

エルが食事をしている時には、その前にちょこりと座ってじーと見つめ、食物の中にチョビの大好きな魚やその汁《しる》がまじっている時などは一緒に食べたりもしている。

またチョビは、時々エルと一緒に仲良く昼寝をしたり、かくれんぼや鬼ごっこをしたりもする。昼寝の時は、いつもエルの胸の中にもぐり込み、母親に甘えるようにして眠りに入る。そして鬼ごっこでは、いよいよの時には木にのぼり、木の上からエルをイタズラっぽい目で見下ろしている——。

ひと月も経つと、チョビは誰かれを問わずおおっぴらに、あらゆる事にわが物顔にふるまうようになった。

タギが毎日の仕事の一つになっている買物から帰って来ると、チョビはとぶようにして、石段の下まで迎えに下りてゆく。そして買物かごにまとわりつき、しばらくは離れようとしない。かごの中に、大好物の魚が入っているかどうかを詮索《せんさく》しているのだ。

この様な事を毎日欠かさずくり返されると、知らず知らずのうちにチョビの奸計《かんけい》に嵌《は》まって、ついタギは魚を買わされる事になる。

「魚の匂いを嗅《か》ぎあてた時のチョビの喜びようったら、そりゃもうありゃせんわい」

チョビの奸計にまんまと嵌まっているとも知らず、タギはその時の様子をさも可笑しそうに、子供達に話し聞かせてやる。

悟が学校から帰って来た時にも、やはりチョビは石段の下まで迎えに出る。

チョビの魂胆《こんたん》はとっくにお見通しで、その要求にこたえて、悟はよく一緒に遊んでやる。

猫との遊びの一つに、猫じゃらしというのがあるが、悟はこの遊びをする時のチョビの表情がおもしろく、やはりこの遊びを多くする。

——寝巻きの腰ヒモを、蛇《へび》のようにくねくね這わせてやると、チョビは、はじめのうちは手を軽くちょんちょんと出すだけで、別にとびつくような事はせず、ヒモの動きをジーと読む——ようなふりをする。

中盤戦に入ると、チョビは相手の動きに合わせて自分も左右に首を振り、徐々に顔をひきしめ、眼の輝きを爛々《らんらん》と増してゆく。

この時点でチョビは、瞬時たりとも油断はしていない。時々騙《だま》し打ちに悟はヒモを引っ張ってみるが、その事まで抜かりなく読んでいるのだろう、チョビはわけもなくヒモを捕えてしまう。しかし、チョビはしたり顔をチラリと見せただけで、すぐにヒモを離してしまい、ホントの本番――くねくねとの戦いに再び眼を光らせる。

いよいよ戦いが佳境《かきょう》に入ってくると、チョビはぐいと背中を持ち上げ、あごを畳《たたみ》の上に密着させて、一撃必殺の構えに身を転じさせてゆく。

機は熟《じゅく》したり――。

チョビの要望にこたえて、悟はヒモをさっと引いてやる。チョビは目にも止まらぬ早技で、あっという間にヒモを虜《とりこ》にしてしまう――。捕らえた虜はすぐには解放せず、しばらく寝ころんで戯れたあと、やっとに解き放って起き上がり、次はなんの遊びをしようかとちょこりと小首をかたむける。

背中をそっくり返して、チョビが柱をひっ搔くようになった。どうやら鼠《ねずみ》捕りの準備に入ったらしい。

「また、柱がガサガサになってしまうわい」

タギは、柱がキズだらけになるため、ぶつくさと文句をたれる。が、もとより本心から言っているわけではない。むしろ顔をほころばせて、チョビを頼もしそうに見る。

数年前にも猫を飼っていた事があり、猫の習性というものが大体分かっていたからだ。

「おうおうチョビ、やっとるの。小鼠でもいいから早よう捕まえてきて、その成果をこの目に見せてくれや」

腰に手を当てて、タギはチョビのうしろから、あおりたてるようにして言う。

「お前の前におった先代猫は、鼠を捕まえてくるたんびに、その成果を皆に見せとったからの」

（――まかせんしゃい。先代さんがどれだけ捕ったか分からないけれども、ボクはその倍以上はとっ捕まえてみせるわサ）

キリリと立てた爪《つめ》に、チョビはまた一段と力を込めていう。

先代猫とは――その名を「かぐや姫」といって、雌《めす》の三毛猫のことである。小太郎が裏山の竹林の中から拾ってきたもので、昔話の竹取り物語にちなんで、小太郎がじきじきにそう名付けている。

かぐや姫は、小さい頃から珠玉《たま》のように光り輝いていたが、成長してゆくにつれて、いつしか典雅《てんが》な気品も備わり、それはもう天女《てんにょ》のように美しくすくすくと育っていった。

そのたぐい希《まれ》な美しさは、たちまち噂となって近隣の猫の公達《きんだち》にひろまり、はては遠方の公達にまで、時を経ずしてひろまっていった。

かぐや姫を口説《くど》こうと、家のまわりを公達がうろうろと徘徊《はいかい》するようになった。しかし、かぐや姫の想像を絶する美しさを目にした途端、誰もが息をのみ、腑《ふ》抜けしたような顔ですごすごと引き返していった。あまりにもかぐや姫が美し過ぎて、くらい負けしたか、それとも自分とはほど遠い国のお姫様のように思えたのであろう。それでも並みいる公達の中には、求婚する勇気ある猛者《もさ》が一人や二人いたとしてもおかしくはない。だがかぐや姫は、それをことごとくにことわった。

そんなかぐや姫ではあったが、そこはなんと言っても鼠捕りが天職の猫。たぶん、お家に〝恩返し《おんがえし》〟を思ってのことであろうが、おしとやかさに似合わず、かぐや姫はしきりと鼠捕りを慣行しては、その成果を家人にとくとくと披露《ひろう》していた。それも家人が大勢いる茶の間までわざわざ持ち込んできて、全員が見てくれているかどうかをしかと確かめたあと、やっとにおなじみのお遊び、「鼠じゃらし」をやらかしだす。

家人は仕方なく、かぐや姫のお遊びをじーと見物してやらなければならない。でなければ御機嫌をそこねて、しばらくは鼠捕りの仕事を休業してしまう。

かぐや姫が家にきてから夢のように月日が流れて、早くも数年目の夏を迎えた。この頃からかぐや姫の日々に少しずつ変化が見られるようになった。

柱に向かっては、ひっ掻いている手を時々休めて、ちょこりと首をかたむけるようになり、うさぎや鶏たちとは、今まで以上に長い時間しんみりと話し込むようになり、そして月夜の晩には、屋根の上にのぼって、月の世界を嫋々《じょうじょう》と眺めるようになった。

――秋になった。

日に日に夜は冷え込んでくる。いま迄は、かぐや姫はほとんどといってもよい位にタギの布団《ふとん》の中にもぐり込んでいたが、この年ばかりは少し様子が違った。もぐり込む布団を日ごとにかえて、家族の全員と温《ぬく》もりを分かち合うようになった。

そして、満月の夜――。

かぐや姫は、忽然《こつぜん》と姿を消した。長年この家にお世話になった感謝の意と、尽《つ》きない想いを、切々《せつせつ》と柱にきざみ残して――。

いま二代目チョビは、先代かぐや姫が残していった「綴り」には、敬意を表《ひょう》して手も触れず、別の柱に向かってせっせと腕みがきにいそしんでいる。

子供の将来

エルがエルの城にこもったきり、こちら側の家だけで過ごすようになった。日を追うごとに腹が大きくなってゆくところをみると、どうやら身ごもっているらしい。家人のそわそわした日が続いて、ついにエルは無事子供を出産した。

――どうしてエルは、向こうの家ではなく、こちら側の家で産んだのだろう……？

一家の誰もが首を大きくひねった。例によって一家団欒《だんらん》のひととき、家族の全員でその謎解きがはじまった。

――今でもエルは、こっちの家が本家と思うとるんやろ。

――犬小屋の大きさが、こちら側の方が大きくてゆったりできるとか――。

――みんなぜんぜん分かっちょらんね。エルとはこの世の中で、一番仲の良いオレがこっちの家におるからや。

おもいおもいに皆が、自分の思ったことを並べたてる。

「ウフフフ……。お前達はどいつもこいつもが――」

いつもの調子でエラそうに、正男が話の中に割り込んできた。

「考える事が浅くてかなわんのう。エルはそんな甘っちょろい考えで、こっちの家で産むわけがないやろが——」

高飛車に出てきた正男に気圧《けお》されて、他の者はつい口をつぐんでしまう。

「エルは先の先を読んで、こっちの家で産んだんや。考えてもみろ。家《うち》にはいつも悟の遊び仲間が大勢やってきて、エルと一緒になって遊んどるやろが。その仲間がエルにとって、かけがえのない友達なんやろうたい。そこでエルは考えたんや、自分の子供はこの者達の家で飼ってもらおうとの」

——ふ〜ん。

——な〜るほどネ。

あやふやながら、皆が頷《うなず》いてみせる。

「そうなれば、自分の子供は、この者達の手によって可愛がってもらえるやろが——。エルがしたたかで、並の犬ではないのはじつはこのあとや。つまりエルは、子供の代から孫の代に——そしてまたその先まで読んだ上で、こっちの家で産んだんや」

「——孫の代から、またその先まで……またなんでや……?」

食事を飯台に並べながら、タギが皆を代表するようなかたちで聞く。

「エルは、うちの家だけに限らず、緑が丘という土地そのものが余程気に入ったんやろう。

ここには野山はあるし、それに池や川もふんだんにあるからな。でエルは、自然豊かなこの土地に、自分の可愛い子供たちを住まわせてやりたいと願ごうた――とまぁこういうこっちゃな」

（正男め、それらしく抜かしおって――。次の一手は……）

正男の話を、菊蔵はわれ関せずといった体《てい》で焼酎をちびりちびりとやっていたが、さすがに興味がわいてきたとみえ、時々手の動きをぎくしゃくさせるようになった。

「それでやな、エルの子供たちが緑が丘に住む事になれば、その子供たちがまた大人になって子供を産む事になるやろ。そうなったらその子供たちは、エルにとっては孫になるわけや。そしてその孫たちが、またひい孫を産んでゆく――。

そのようにするためには、エルは何がなんでもこっちの家で産んで、緑が丘の者達に里親になってもらう必要があった、というこっちゃ」

なんとなく皆は、正男の話が本当のように思えてきた。話にのって友子が嬉しそうな声で口をはさむ。

「そうなったら、エルはこちらの家に来るたんびに、子供のいる家にも寄って、また別に楽しみが一つ増えるという訳なんやね」

「あら、姉ちゃんもたまには気のキいた事を言うんやね」

これまたとびっきりと明るい声で、悟が横からちょこりと茶々を入れる。

「そうや、エルは、将来の先の先の先まで読んで、迷う事なくこっちの家で産んだんや」

最後の一手をピシリと打って、正男はやっとに、だらだらと長い読みを締めくくった。

――さすがにエルや。

――エルが、遠い先の先まで考えちょったとは……。

――人並み外れてエルは賢いから、それくらいの事は考えたとしても、ちっともおかしくはないけんどが……。

正男の言う事が一理あるだけに、誰一人として異を唱《とな》える者はなく、エルの深慮遠謀《しんりよえんぼう》を口々にホメたたえてやる。

「う～ん」

一人だけ冷静をよそおっていた菊蔵までが、それらの声につられて、「参った」と言わんばかりの唸り声をついもらす。

（正男のあご八め……。いつの間にか先が結構読めるごとなっとるわい。そろそろ将棋の手ほどきをしてやってもよい頃かのう。まっ、エルのようには、先の先までをきちんと読み切れんじゃろうが……）

「竹馬はこのくらいにして、そろそろ楠《くすのき》にのぼりに行こうよ」

悟の家の庭で小一時間も竹馬遊びが続いたところで、仲間の一人が、飽き飽きしたように言いだした。仲間は七人ほどいたが、思いは同じだったようで、話は案外すんなりと決まった。

楠は、裏山のほぼ中央部に、この山の王様のごとく悠然《ゆうぜん》と聳《そび》え立っていて、その木の枝の要所要所には、ロープや縄が張りめぐらされており、木のぼりとはまた別に、いっぱしの楽天地のような遊び場になっていた。

「――だったら、幹夫《みきお》ちゃんも誘おうよ」

竹馬にのっている者が、幹夫の家に眼をやりながらに言う。この日は、エルが子供を出産してからまだ日が浅く気が猛《たけ》っているため、用心して西側の庭で遊んでいる。そのせいもあり、この庭からだと幹夫の家はまともに見える。

こうなったら話は早い。仲間の一人が石段の側壁上にゆくと、そこに立っている桃の木に結わえてある長いヒモを、慣れた手つきでゆらゆらと揺《ゆ》らかしだした。すると一〇〇メートルほど離れた処にある家の窓から幹夫が顔を出した。勉強部屋の軒下《のきした》にぶら下がっている数個の空き缶が、カランコロンと鳴ったのだ。

ヒモを揺らかした者が、「来い来い」の手信号を送る。すると幹夫がこれまた手を大きく振って、「了解」という。

この鳴子《なるこ》式連絡方法は、炭鉱に勤務している近所のおじさんから悟が貰ったヒモによって、はじめて実現のはこびとなった。

ヒモは、紡績系《ぼうせき》に生ゴムを焼き付け合体させたようなもので、水や熱に強く、少々の事には耐えられる強力なものであった。このヒモを悟の家の桃の木から——幹夫の家まで、電線のように、電柱なしで張ったのである。

ヒモを張るのは簡単であった。悟の家がちょいとした高台にあった事と、幹夫の家までの間が擂《す》り鉢《ばち》状の凹地《くぼち》になっていて、邪魔になるものが何も無かったからである。

——電話がまだ、一般家庭に普及していなかった頃の事。近所の者はこのヒモを見て、感心しながらもクスリと笑い、また幹夫はこの鳴子のせいで、悪友からたびたび呼び出しを食らうはめになる——。

やって来た幹夫につき合い、竹馬遊びをまたしばらくしたあと、いよいよ楠にのぼりに行く事になった。幹夫が仲間の先頭を切って、エルの城の前を駆け抜けようとした。とこの時突然、おもわぬ事件が発生してしまった。エルが城の中からとび出し、幹夫の腕をガブリとやったのだ。

「アうっ‼」

小さく叫んで幹夫はその場を離れ、エルはすぐさま城の中にひっ込んだ。

この時、悟はまだ西側の庭で竹馬を片付けていたが、仲間から事件を報《しら》されると、おっとり刀で駆けつけ、幹夫の腕を恐る恐るに見た。——赤くなっている皮膚《ひふ》に、うっすらと血が滲んでいるようにも見える。

用心を期して幹夫は家に帰り、親に連れられ病院へ行った。その結果、歯形はあるが傷はなく、また最も心配された、狂犬病の心配もなしということであった。

おそらくエルは、自分の子供の毛がまだ生えそろっていないため、親の本能が働き、おもわずとびつき噛みついたのであろう。しかし噛みついた相手が、日頃一緒によく遊んでいる幹夫だったため、咄嗟《とっさ》の判断でどんとあごの力をゆるめたらしい——。

この事件があったその日のうちに、エルが子供を出産している事は、あっという間に緑が丘界隈《かいわい》全域にひろまっていった。早くもエルの子供が欲しいとの申し込みが殺到し、高山家ではその対応に四苦八苦する。

エルの名声は、想像をはるかに超えて、遠方の村々にまでとどろきわたっていたのだ。遠く離れた二つの家を、数年ものあいだ健気《けなげ》にも、ずうと長く通い続けているエル——。犬捕りを、舌を巻いて諦めさせたほどに賢いエル——。

もう一つおまけに、秋田犬ばりの器量《きりょう》よしときている。エルの人気は絶大であった。そのエルの血をひいた、六匹の子供たち——。

やがて、親離れの時がやってきた。高山家では、エルのためにも一匹だけは家に残すつもりでいたが、貰い手のたっての願いについ押し切られ、とうと一匹残らず売り切れてしまった。

エルの描いた夢どおり、子供たちはめでたく、自然豊かな緑が丘の方々へと巣立っていったのである。

夢のあと

しんみりと、悟とエルは天国へと旅立った小太郎の小屋跡を見た。

主を失った小屋はもろくもくずれ落ち、いまは往時《おうじ》の面影は見る影も無い。朽《く》ちはじめた麦藁《むぎわら》が夏草に囲まれて、早くも大地のもとに再び還《かえ》ってゆこうとしている。

悟は歩きだした。ひとりでに断崖絶壁の方へと足が向く。

（祖父《じい》ちゃんは、見かけによらず手先が器用やった。麦藁でほたるかごやいちごかごをいとも簡単に作ってくれた……）

絶壁の上に着いたところで、草のひろばに悟は仰向けになって寝ころんだ。エルも隣で横座りになって、くつろぎの姿勢をとる。

（あの仲良く並んでいる雲が、祖父ちゃんと祖母ちゃんなのかな……）

大空にぽっかりと浮かんでいる二つの雲を見ながら、悟は天国に行った二人のことをぼんやりと思い浮かべてみた。

――小太郎との思い出は、それこそ山のようにあったが、こと祖母である「とね」のこととなると、床《とこ》に臥《ふ》しているのを覚えている以外、他には何一つ思い出す事ができなかった。それも仕方がないのかもしれない。悟がもの心がついた頃には、とねはすでに床のひととなっており、話をする事などできなかったからである。

法事などで身内の者が集まり、二人のことを話すには――

小太郎ととねは、若い頃に近所で評判になるほどの激しい恋をして、幾多の困難にみまわれながらも、最後まで愛を貫き通しててやっとに結ばれたという。

二人は、山あり谷ありの激動の人生を歩いてゆく事になる。そして、たまたま出会った古き友人にすすめられて、炭鉱関係の事業を起こす事になる。これが時の運もあったのだろう、やる事なす事すべてが成功し、それなりにこの世の春を謳歌《おうか》するまでになる。

ところが、この程度で満足するような小太郎ではなかった。さらに夢をでっかくふくらませた。

――金山銀山だ。

小太郎は、人生を左右するほどの、とてつもない勝負に打って出た。まさしく一世一代の、乾坤一擲《けんこんいってき》の大勝負である。

――結果、小太郎は完膚《かんぷ》なきまでに打ちのめされた。この頃流行《はや》った言葉に、「トラック一台分の銭《ぜに》を儲《もう》けて……」というのがあるが、小太郎はまさに、一代でトラック一台分の銭を儲けて、一代できれいさっぱり使い切ってしまったのである。

小太郎と共に歩いてきた、同年配の者は言う。

「小太郎さんの頭の中には、昨日《きのう》という文字はなかったのではないか――」

そしてこうも言う。

明治生まれ特有の、明日に大きな夢を抱《いだ》き、それを真っ正面から追い求めていったひとで、幕末時代を果敢《かかん》に生きた、あの坂本竜馬に生きざまがよく似ていると――。

たしかに小太郎は、明治、大正、昭和の時代を股《また》にかけて、波乱万丈の人生を送ってはいる。心ならずも竜馬と同様、夢は日の目を見ることなく人生を終えてしまったが――。


そんな小太郎だけに、数多く逸話《いつわ》が残っている。その中の一つに、タギの話としてであるが、こんなのがある。

新堀川の水門より少しのぼった上流で、映画のロケが行われていた時の事。

なんの前触れもなしに、突然ぞろぞろと数人の男が玄関にやって来た。――総勢五人ほどいる。

（映画屋さんかえ）

一目見ただけで、タギはそうだと分かった。近所の噂で、映画のロケが近くで行われている事が分かっていたからでもあるが、男達の中に、ちょんまげ姿の者が二人いたからだ。

「よろしかったら、手鏡を少しの間、拝借できませんでしょうか……？」

一行の中の一人が、丁重《ていちょう》に頭を下げて言う。

それならと、西側の縁にゆくようすすめたあと、タギは何気なくちょんまげ姿のひとりに目をやった。と途端にタギは目を見開き、口をぽかりと開けた。

（チッ‼　千恵蔵《ちえぞう》……）

信じられないといった顔で、タギは前を横切ろうとするその男をもう一度見た。――まぎれもなく、あの片岡千恵蔵だ。

（おォおォっ、チッ、千恵蔵が……）

カーと頭に血がのぼって、タギは完全にアがってしまった。頭の中が混乱したまま、とりあえず姫鏡台を抱《かか》えて縁まで持ってゆく。一行は多少驚いたようであったが、かまわずタギはそこから立ち去ろうとした。と、二、三歩下がったところでハタと気がついた。

（たしか……手鏡と言われていたような……）

赤くなっていた顔をますます赤くさせて、急いでタギは手鏡を二つ持ってゆく。

一行は縁台に座ると、垢抜《あかぬ》けした上方弁で談笑しながら、おもむろに顔や頭の手入れをはじめだした。

タギは、襖《ふすま》のすき間からこっそりと、胸をときめかせて千恵蔵を見た。――庭の方に顔を向けているため、残念ながらうしろ姿しか見えない。それでも襖に顔を押しつけて、この際とばかりに懸命に見る。

なにしろ片岡千恵蔵といえば、天下に名だたる大スターである。おいそれと近くから拝めるようなおひとではない。雲の上の人なのだ。その雲上人《うんじょうびと》が、まさかのまさかでいま自分の目の前にいる。

お茶を出すと、タギは二言三言話しただけで、早々にその場からひき下がっていった。相手のハイカラな都会弁に対して、自分の田舎《いなか》弁まる出しが、どうしようもないくらいに恥ずかしかったからである。

三〇分程で、千恵蔵達はそそと引き上げていった。

タギはなかなか興奮が冷めやまない。まだにポーと顔を紅《あか》らめた侭、乙女が夢を見るような顔で、ただ家の中をうろつきまわった。

後日、この話を小耳に挟んだ小太郎は、タギに向かって烈火《れっか》のごとくに怒りを爆発させた。

「この馬鹿もんっ。どうしてありったけのものを出して、できる限りのおもてなしをしてやらなかったかっ！」

障子《しょうじ》がぶるっとふるえるほどに、その声は大きく激しかった。

「――千恵蔵はお金持ちだろうし、そんな事までしなくても……」

小太郎が怒るのは、ごもっともと思いながらも、タギは一応弱々しく言ってみる。

「馬鹿もんっ、それこそがホントの馬鹿ったれというもんじゃっ。何も銭金《ぜにかね》の問題ではないわい。千恵蔵には、お伴《とも》が何人も付いて来とったやろが、そのお伴をもてなす事によって、千恵蔵の顔が立つというもんじゃわい。それがなんじゃい、たったのお茶だけで済ませおって——」

小太郎は怒り狂う。がそれにはちょいとした理由があった。

この頃、町々のいたる処に映画館や芝居小屋があり、旅役者が頻繁《ひんぱん》にやって来ては、日々興行《こうぎょう》を打っていた。芝居が好きだった小太郎は、事業が順調で、羽振りが良かったせいもあるが、たびたびまわりの者を数人ひき連れては、芝居見物を洒落《しゃれ》込んでいた。当然のごとくに、前もって予約しておいた特別席に陣どる。

芝居が終ると、そのつど小太郎は、連れの者にお花（御祝儀）を持たせて、座長にと差し入れさせた。座長は、破格のお花に目ん玉がとび出らんばかりに驚き、ほとんどといってよいくらいに、もみ手をしながら小太郎のもとに礼を述べにやってきた。

小太郎は、「やぁやぁ」などと気安く声をかけてやり、まずは座長のかしこまったもみ手を笑顔でほぐらしてやる。そのあと、役者の芸をホメてやったり、これから先の事を激励するなどをして、ますます座長を赤面恐縮《せきめんきょうしゅく》させては、ひとり「うんうん」と勝手に頷き悦《えつ》に入っていた。

この様な風聞《ふうぶん》が、役者から役者へと流れて千恵蔵の耳に入ったからこそ、鏡にかこつけて、わざわざ千恵蔵は家にやって来た、と小太郎は言うのだ。

「それがなんじゃい。お前のケチな接待のお陰で、小太郎の名がいっぺんで地に落ちたというもんじゃわい。おうおう……」

小太郎の怒りは時間が経っても、なかなか静まらず、とうとこの日は一日中御機嫌が悪かったという。

次はミヤ子の話であるが、

――戦時中の、それも日本の負けが薄々と感じられるようになってきた頃のこと。

長屋の前の道端で、夜の夜中にミヤ子が七輪《しちりん》を熾《おこ》していると、つかつかと憲兵《けんぺい》がやってきて、もの凄い剣幕で怒鳴り上げてきた。

「どこのどいつじゃっ。いつ空襲があるのかしれんという時に、その目印となる火なんぞを熾している奴はっ！」

「――そ、それは……」

鬼より恐いと聞いていた憲兵に、身体が竦《すく》みあがって、ミヤ子はすぐには言葉が出てこない。青ざめた顔で、やっとに言う。

「じ、祖父《じい》ちゃんから頼まれて……」

「祖父ちゃんじゃ分からんっ。名前、名前を言えいっ」

「……高山……小太郎……」

蚊《か》の鳴くような声で、ミヤ子はしぶしぶと白状する。

「なにい!? 高山……小太郎……（さん）……」

激しかった憲兵の声が、急に尻すぼみになった。プイと身体の向きを変えると、あとは一言の言葉も吐かず、肩をすぼめて闇の中にと消えていったという——。

「う〜ん、ある時機、祖父ちゃんは相当な力を持っちょったんだ……」

空を見上げたまま、悟はぼそりとつぶやいた。仲良く並んでいた二つの雲は、いつしか遠くに去って、もう見ることはできない。

「……うわワン……」

隣で寝ていたエルは、夢うつつながらも、相づちだけはしっかりと打つ。

二人だけの詩

　Ｎ中学校の近くに、山の自然をそのままに残した公園――垣生《はぶ》公園がある。緑豊かな公園で、山裾の公園入口には大きな池があり、風光明媚《ふうこうめいび》な景観を見事なまでに調和させている。

　十月の中旬、この公園の中心部にＳ小学校五年生の男子生徒だけが全員そろって集まった。一組、二組共にそれぞれ二十五名――。

　一組の悟は、当然ながらこの中に含まれている。秋の大運動会で戦ったクラス対抗騎馬戦「川中島の合戦」で、両者相ゆずらずだったため、今度は場所を変えて、チャンバラごっこで決着をつけようというのだ。もちろん遊び半分である。題して、垣生公園の合戦という。

　刀を作るには、自然がたっぷり残っている公園だけに、小竹や木々はそこいら中にふんだんにあった。

　悟は、はぜの木で刀を作って奮戦、大いに暴れまわった。がこのはぜの木が、後に思いもよらない災いをもたらす事になる。

　はぜの木は、うるし科の植物で、想像以上にとんでもない毒性を内に秘めていた。悟も例にもれず、そのうるしにかぶれてしまい、合戦の翌日には早くも熱は出るは、顔中に痒《かゆ》みが容赦なく走るはで、とうと布団の中で名誉の討ち死にをとげてしまう。

これではとても人に顔を見せられたものではない。とうとしばらくの間学校を休む事になった。翌々日にはさらにむくむくと顔が腫《は》れ上がり、ついにはかぼちゃのような顔になってしまった。

「バカちんめが、はぜの木なんぞを刀にしおって――。お前の面《つら》の皮がなんぼ厚かろうが、はぜの木のうるしにかなう筈がないわい」

小言をチクチク言いながら、タギは特効薬（?・）の油揚《あ》げを、悟の顔にペタペタとなすりつけてやる。

「のう、チョビよい」

とことことやってきたチョビに、早速タギは笑いながら声をかける。

「悟の顔がふぐみたいにふくらんで、おかしいったらありゃせんのう」

「ニャッ……ニャ～オ～」

いきなりのタギの声かけに、チョビはつい本音を吐きそうになる。がそこは世渡り上手なチョビ、どちらともとれる曖昧《あいまい》な返事でうまくこの場をかわす。

（チョビめ、オレが元気になったらまた一緒に遊んでもらおうと思って、結構気を使っちょるな）

吹き出したいくらいに可笑しかったが、悟は顔がつっぱって笑うに笑えない。仕方なく頭の中で弱々しく笑う。

「ワン、ワンっ」

エルが縁先から呼びかけてきた。そらきたとばかりにチョビがすっとんでゆく。

「ほうれ、エルが呼んどるぞ。お前も縁に出て、ちょいと気晴らしでもしてこいや」

「う〜ん……」

気のない返事でこたえて、悟はごろりと寝返りを打ち、布団を頭の上までひっかぶる。


合戦の日から四日目――。

嫁ぎ先からミヤ子がふらりとやって来た。家がそれ程離れていないため、最近はよく遊びにやって来る。

「――来たか」

一言で片付けて、タギは手仕事をしているため、ミヤ子の顔を見ようともしない。それほど日常的に顔を見せるようになっている。

ミヤ子は火燵《こたつ》に入った。かつては自分の指定席になっていた場所だ。それは今でもまだに続いている。話もそこそこに、ミヤ子は手提《てさ》げ袋の中から何やら細長い小箱を取り出すと、黙ってそれをタギの前に押しやった。紙でていねいに包装してある。

「なんじゃいまた、お菓子かえ……?」

包みを無造作に破ると、タギは小箱の蓋《ふた》を開けて見た。

「ありゃ、これは……ハーモニカでねえか。どうしてハーモニカなんぞを……?」

「ずうと前に、悟に買ってやると約束していたとよ」

「姉ちゃん、ありがとう!」

襖《ふすま》ごしに聞こえてきたミヤ子の声に、悟が布団の中から声を上げてお礼を言う。

「あれぇ!?」

ミヤ子の目がキョトンと宙で固《かた》まった。てっきり悟は、学校に行っているものと思っていたからだ。しかしそう深く考えることもなく、ミヤ子は首をねじって、うしろから入ってきた悟に目を上げげた。と途端に背をのけぞらせ、声を吹き上げた。

「なっ!! なんね、その顔は?……」

「……」

悟はこたえる事ができない。ミヤ子の驚きようがあまりにも大きかったため、自分の顔がそんなにも醜《みにく》いのかとショックを受けたのだ。

「はぜ負けじゃわい」

タギが悟にかわってこたえてやる。さらには悟から聞いていたままに、垣生公園での事を聞かせてやる。

「そんな事――。お化《ば》けのような顔になっているので、何かと思ったらはぜ負けなんねえ。――ガキ大将のあんたでも、やっぱりはぜの木には負けるとばいネ、ふ〜ん」

「姉ちゃん、ハーモニカを貰ってくよ」

ミヤ子のからかい声をあとにして、悟は小箱と共にさっさと茶の間から消えてゆく。


今日もまた縁に座って、悟はブカブカとハーモニカを吹く。二日前にミヤ子から貰ったハーモニカだ。顔の腫《は》れがようやくひいてきたため、そこそこに吹けるまでになっている。

「やっとるの」

掃除を済ませたタギがやってきて、にこにこしながら悟の横に腰掛ける。

「好きこそ物の上手なれ、とはいったものの、ばたばたに上手《うま》くなったでねぇか。一昨日《おととい》とくらべたらまるで月とすっぽんじゃ」

結構聴《き》かれるまでになったハーモニカ演奏に、タギはちょびりとお世辞を言ってやる。

「――うん！　いま吹いとるのは、なんという歌なんじゃ？　いままでに聞いた事もないような歌じゃが……」

「なーいーしょっ」

ハーモニカをいったん口から離して、そっけなく言うと、悟はわざとのように急いで曲の中に入ってゆく。

「まさか、ありもせん歌を、でたらめに吹いとるんではなかろうのう」

演奏の邪魔にならないよう、ぼそぼそとつぶやきながら、タギはこっそりと、屋外《そと》の光で悟の顔をあらためて見た。——カサカサがまだ少し残ったあばた面《づら》に、はにかんだ色がぽっちりと薄紅く浮かび上がっている。

「せっかくのところでなんじゃが、お前は明後日《あさって》の月曜日から学校に行くと言うとるが、それまでに顔はどうにも元には戻りそうもないぞ。それでも学校に行く気かや?」

演奏を続けながら、悟はこくんとうなずいてみせる。

「お前がその気ならそれでええ。が友達から嗤《わら》われるような事があっても、決して腹を立てたりしてはならんぞ」

(嗤われるような事……そんな事ありゃせんがな……)

悟はそう思う。たしかに悟が自信をもってそういえるほどに、この頃の子供達の世界には、友達を嗤ったり、けなしたりするような風潮はまず無かったといっていい。皆が皆、素直かつおおらかで、男子は純朴でじつに男らしく、女子は昔からの躾《しつけ》を守って、大和撫子《やまとなでしこ》そのままに、おくゆかしさというものを自然と身につけていたからだ。

「ほれ悟、エルとチョビが一人仲良くやって来おったわい。お前の名演奏を聴きたいんだとよ」

足をぶらぶらゆさぶりながら、タギはおもしろそうにククっと笑う。

エルとチョビは、悟の前にきちんと並んで正座した。まずはお手並み拝見とばかりに、小耳をピリリと立てる。

「悟、わけが分からんものを吹かんと、二人が知っとる歌を聴かせてやれや」

「――どの歌もが、まだ聞かせるまでには自信がないんやけれども……」

「えぇえぇ、二人共がそんなに細かく音を聞き分けるような耳は持っとらんわ」

「それじゃあ、最初は『夕焼小焼』から――」

悟は奏でだした。何年か前、山手炭鉱の工員兼家族浴場に四人で通っていた時、夕日に紅く染められながら、土手で何度も唄った歌だ。

(――あら、なつかしい歌じゃない)

うっとりと目を閉じて、エルはその時の光景を頭の中に描く。

チョビは、すでにこの曲は悟に飽くほど聞かされているせいか、目を薄目に閉じて、悟の上達具合をじっくりと見る。

曲がどうにか終った――。パチパチと手を叩いて、タギがこそばゆいばかりにホメ上げてやる。

「結構サマになっとるでねぇか。エルとチョビが骨の髄《ずい》から聴きほれとったぞ」

気をよくして、悟は二曲目に入った。曲は「赤とんぼ」だ。

一番の歌詞が終って、二番がはじまった。ハーモニカに合わせて、タギがぽそぽそと唄いだす。

山の畑の　桑《くわ》の実を
小籠《こかご》に摘《つ》んだは　まぼろしか

十五で姐《ねえ》やは　嫁に行き
お里のたよりも　ブヒイッ！

唄がたんたんとすすんで三番に入り、最後の歌詞のところで突然、悟は音を大きく外して吹き上げた。それに合わせてチョビが、いかにもビックリしたようにとび上がり、宙でくるりとまわって着地する。

タギが唄をやめ、悟が演奏をやめて、音楽がピタリと絶《た》えはてた。

エルは目を白黒させて、長い首を大袈裟《おおげさ》にぐいと真横にかたむける。

「こうりゃエルっ、一昨日《おととい》した事をまたぬけぬけとしやがって——」

「なんだえそれは……？」

おおよその見当はついたが、タギはおもしろがって、うすらとぼけたような顔で訊く。

「いや、姉ちゃんからハーモニカを貰った日に、早速ここで吹いちょったら、エルの奴、オレの顔を見て何回も首をひねくりやがったんや」

「そりゃあ、エルでのうても皆がそうするわいな。チョビがお前のお化けみたいな顔を初めて見た時にゃあ、まるい目を三角にも四角にもさせとったからの」

「………」

痛いところを突かれて、悟は声もない。しばらく経ってから、ようやくにあごを動かしだした。

「こうりゃ、そこの二人っ。お前たちは面《つら》の皮が厚くてほんとによかったよなぁ。その顔だったら草や木に負けて、オレみたいな顔になる事はまずないやろうからな」

(まっ、あたいたちの面の皮が厚いだなんて、よくも言ってくれるわよねぇ。ね、チョビちゃん)

(――器用《きよう》に自分の顔の言い訳まで、ちゃっかりこいてるよ)

「おっ！　あった、あったぞっ」

ハリのある大きな声で、悟が二人の会話の中に入ってきた。

「こうりゃお前たち、花や蜂《はち》の巣なんかにむやみに顔を突っ込むんじゃないぞ。このオレみたいに大やけどをする事になるからな」

二人はなんのことか分からない。キョトンとした顔で次の言葉を待つ。

「鼻や鼻――。お前たち自慢の、その鼻や」

（——鼻……⁉）

意味《わけ》が分からないまま、二人はお互いに、相手の鼻を見やいこする。

「お前たちの身体の中でただ一個所だけ、鼻のてっぺんがまる裸やないか。その弱点を虫や蜂は突いてくる——。もし刺《さ》されでもしてみろ、それこそ大きく花ひらいて——だんご鼻や」

（だんご鼻……）

「そうなったら恥ずかしくて、エルは家《うち》には当分の間は来れんごとなるやろうし、チョビはチョビで、チュー公たちから嗤《わら》い者にされるのが目に見えているちゅうもんや」

「チュー公とは鼠《ねずみ》のことかえ。それでだんご鼻のチョビが鼠を追っかけまわすとか——。これはたいそうな見ものになるわい。もしかしたら、鼠の方がチョビの鼻にかぶりついてくるかもしれんぞ。小豆《あずき》だんごと間違えてのう」

（あれまっ、チョビちゃん、お母さんったらあんな「つくり鼻し」をこいているわよ。そんな事ってあるわけがないわよネ）

「ニャー」ブスっとこたえて、チョビはむくれっ面をする。

（——もしそんな事があったとしても、鼠はチョビちゃんのだんご鼻を見ただけで、おもいっきりにでんぐり返って笑いだすだろうから、チョビちゃんが鼻をかじられるなんて事は間違ってもありえないわよネ）

（んもう、エルちゃんまでがつくり鼻しにのっちゃってからにもう――）

ツンと鼻を突き上げて、エルにメッをすると、チョビはすたこらさっさとどこかに消えていった。

悟はエルを誘って裏山にのぼった。小道を歩きながら緑の空気を力いっぱいに吸う。

「やっぱり、山の空気は格別にうまいや」

（当然でしょっ。一週間近くも家の中にとじこもっていたんだから。まっ、外の空気がうまいってことは元気になったって証拠よネ）

くるりとひとまわりして、エルはそのまま前を歩いてゆく。

「ところでエル、お前にちょいと聴かせてやりたいものがあるんや」

（聴かせてやりたいもの……？）

「じつは歌なんや。といってもただの歌なんかじゃないぞ。オレが精魂《せいこん》こめて作った歌なんや」

（悟ちゃんが歌を……！）

つまずきもしないのに、エルは片方の肩をカクンと前にのめらせる。

「こうりゃエル、笑うのは聴いたあとからにしろ。曲名は『二人だけの詩《うた》』といって、オレとお前だけの、二人だけの詩なんや。それをいまからハーモニカで聞かせてやるから、お前もしっかりと覚えるんだぞ」

悟は奏でだした。この曲は二、三日前から何度も吹き込んでいるため、すっかりと口が暗唱してしまっている。そのせいもあってすんなりと歌がすすんでゆく。

吹きはじめは小バカにしたように歩いていたエルも、だんだんと気がのってきたのだろう、次第に足の運びがリズミカルになり、いつしか尻尾で調子をとるまでになった。

例の断崖絶壁の上にきた。二人はどちらからともなく、ごく自然に草場に座る。

「あぁ、ここはいつ来ても景色の見晴らしはいいし、また気持ちのいい風が吹いてくるわい。特に今日の風は、オレにとっては天然のくすりやな。お陰様で、カサカサ顔がいっぺんで良くなりそうや」

(あら、風が天然のくすりだなんて、もっともらしいことを言うじゃない。そうねぇ、あと一週間くらいかな、悟ちゃんのガキ大将が完全復活するのは――)

上目使いで悟のカサカサ顔を見ながら、エルは苦笑いの中に、ほっとしたような色を浮かばせる。

「気分が爽快《そうかい》になってきたところで、エル、ちょっくらハーモニカを聴かせてやっからな」

かるくエルの肩を叩いて、悟は吹きだした。エルは悟の前に出て、腹這いになるとのばした両手の上にあごをのせ、くつろぐ時によくするいつものポーズに入る。

「故郷《ふるさと》」―「浦島太郎」―「蛍の光」と続き、蛍の光の演奏がまだ終らないうちに、エルはのそりと起き上がった。あからさまに大きな欠伸《あくび》を叺《かま》して、この場から離れてゆこうとする。

「こらこら、エル、ちょっと待てっ」

傍を通り抜けようとするエルを、悟は寝ころびながらやっとに抱きとめる。

「ごめんごめんエル、下手な演奏で――」

（んもう、我慢しながら聴いてたけれども、ぜんぜん上手くなってないじゃない。ひとに聴かせるのなら、もっともっと腕を上げてから聞かせてよネ）

わざとにエルは、遠くの景色に目をやったまま、片手をちょこりと上げて、悟の腕をちょこりちょこりとなぞってやる。

「おちょちょっ、こっ、こいつふざけたマネをしやがって――。じゃあ口なおしに、さっき聞かせてやった『二人だけの詩』を一緒に唄おうやんか、ねぇエルちゃんっ」

ちゃん付けにして、エルの御機嫌をとると、悟はエルの肩に手をまわして、声も高らかに唄いだした。

（どうせ、ろくでもない歌詞なんでしょっ）

エルはチラリと悟の顔を見て、高をくくったような顔をする。だが――

悟がくり返し唄うにつれて、エルの目の色が徐々に変わってゆき、いつしか自分も詩《うた》の世界に入ったのだろう、要所要所には合《あい》の手を入れるまでになっていった。

やーやーや　ややほーほーほ

天気が降ろうが　雨が降ろうが
風のようにやって来て
風のように去ってゆく　ワン
その子誰だろ　誰だろね
もちろんそれは……　ワンワン
ちょいと間抜けな……　ブウブウブウ

やーやーや　ややほーほーほ

木枯らし吹こうが　雪がつもろが
風と共にやって来て
風と共に去ってゆく　ワン
その子誰だろ　誰だろね
もちろんそれは……　ワンワン
とびっきりかしこい……　ワンワンワン

星の世界

夕飯を済ませると、悟は縁に出て、愛用のハーモニカを吹きだした。

ささの葉さらさら
のきばにゆれる……

ずばり今夜の歌だ。七月七日、七夕《たなばた》の日。

少し離れたのきばでは、先日一家全員で、手間ひまかけて作った七夕様が祭ってある。

「ニャ～ゴ」

たなばたさまの演奏が終るのを待って、チョビが悟に声をかけた。大好物の魚を食べたからだろう、じつに満足しきった顔をしている。

「おぉチョビ、いいところにきたな。もうすぐしたら天《あま》の川で、彦星《ひこぼし》と織姫《おりひめ》が一年ぶりに会う事になるんやぞ」

学校で習ってきたばかりの七夕伝説を、悟は早速チョビに、復習がてらに一説ぶってやる。

七夕とは――。たなばた祭りの事を略したもので、天の川に隔《へだ》てられた彦星と織姫とが、陰暦《いんれき》七月七日の夜、年に一度だけ会うという、伝説にちなんでの一種の星の祭りである。で織姫とは、そもそもが機《はた》を織る女性の意のことであり、庶民は家屋の外に葉竹を立てて、裁《さい》縫《ほう》の上達を祈った祭りとされている。なおこの祭りは、五節句の一つに数えられて、現在も細々と続けられている――。

「ニャ～」

「この地球上でも、チョビ彦とエル姫とが会えるようになればいいんやけれどもな」

気のない声でチョビは返事を返す。それも当然なのかもしれない。なにしろエルが顔を見せないようになってから、かれこれもう九カ月が過ぎようとしていたからだ。

「おっそうだ、チョビ、お前もこい」

チョビを抱いて七夕様までゆくと、悟は葉竹に祈られた、五色の短冊《たんざく》一枚一枚に丹念に目を通していった。――星に関したものが多く、天の川、きらめく星、美しい星などとあり、次に美しい森、美しい古里などと、自然をうたったものが続いている。それに次いで、とまと、きゅうり……などと、生活に直結したものまでが祈ってある。

「んっ！　笑う門《かど》には福きたる……」

プフっとたまらず悟は吹きだした。書いてある文字が、あまりにも下手過ぎた事と、文句が「笑う門――」などと、妙に笑いを誘ったからだ。

「この字は、おっ母ちゃんの字やな。字が下手なのは前から分かっちょったが、毛筆字とはいえ、こんなにも下手くそだったとは……。まるでみみずの盆踊りだわい」

「――……」

チョビはなんとも言わない。

「ほら、あったぞチョビ、お前だけにしかできない貴重な一枚が――」

その一枚は、目から少し上の高さにあった。悟はそこまでチョビを持ってゆくと、まねき猫みたいな格好をわざわざさせて、その短冊にちょんちょんと手を触れさせ祈らせる。

その短冊には悟の文字で、こう書いてあった。

〝エル姫よ、チョビ彦が待ってるぞ〟


夕方になると、申し合わせたように、子供達は誰からともなく、新堀川の水門に集まってくる。水門の上の架台は板が敷き詰められていて、涼を求めるには最適の場所だったからだ。

この日も悟を含めて、三人が早くも集まった。

「おいっ、そこのヒマな二人さん！」

近所に住んでいる五郎がふらりとやって来て、にこやかな声を水門の上にいる悟達に投げ上げた。

「そんなところで無駄な時間を過さんと、せっかくにある長い夏休みやろ。もっと有意義に過ごす方法を教えてやるから、黙って俺についてこい」

五郎の誘いとあれば否応《いやおう》もない。三人はことわるどころか、むしろよろこび勇んでついてゆく。

五郎は、裏山への道をさっさとのぼりだした。

「五郎さん、日が暮れようとしているのに、どうして山にのぼるんね?」

「日が暮れるからのぼるんや」

悟の問いに五郎は、にやりと笑ってわざとにこたえをぼかす。用意していたのか、ズボンのうしろポケットから、ちらりと懐中電灯がのぞいて見える。

五郎さん――

秀才校として有名な高校に通っていて、近所の子供達に絶大な人気を博していた。誰からも懐《なつ》かれ慕われて、学校の先生以上に尊敬されてもいた。頭脳明晰《めいせき》、筋骨隆々《りゆうりゆう》、男らしい風貌《ふうぼう》、どれをとっても非の打ちどころがなく、大の大人でさえもが、畏敬《いけい》の念でもって見つめるほどの好青年であった。

それでいながらその才《さい》を誇らず、子供達とは対等の目線で遊び、ことあるごとにいろんなことを教え導いたりもしていた。とりわけ水泳は特に熱心で、よく指導し、また見本にと、営々と休むことなく泳ぎ続けて、まわりの者を呆れかえらせてもいた。

四人は、おなじみの断崖絶壁の上にきた。この場所にあるちょいとした草のひろばは、夏場でも人がよく立ち寄るため、ほとんどといってもよいくらいに草は伸びておらず、いつでも座ったり、寝ころんだりできるようになっている。

景色をゆっくり見まわすヒマもなく、薄らいできた空に、早くもキラキラと一番星が顔を見せてきた。

「ほうら夜の世界がはじまったぞ。みんな横一列になって寝ころべ、そして空を見ろ」

五郎が最初に寝ころび、その両隣りを昭一《しょういち》と優作《ゆうさく》がかためた。悟の位置は端っこになった。

二番星、三番星が顔を見せて、みるみるうちに空が星の世界になってゆく。天空の中央ではぼんやりとながら、天の川が壮大《そうだい》な曲線を描いて浮かび上がろうとしている。

「——こんなに美しい星空を、お前達はいままで、時間を忘れてじっくりと見た事がないやろう?」

『そう言われてみれば……』

三人が三人、うやむやに口をにごす。

「ようく見るんだな。満天の星と、蕩々《とうとう》と流れるとてつもなく大きな銀河——天の川を。宙《そら》の世界はただ美しいだけでなく、見れば見るほど尽きない何かがそこにある——」

「五郎さん、星空をよく見とるんね?」

漫然と宙を眺めながら、昭一が聞く。

昭一——小学校四年生。優作と同学年で、共に悟より二年歳下である。

「そうや、俺は時々ここに来て、一人寝ころんで心ゆくまで見る事にしている。星空を一人で静かに眺めていると、心が限りなく大きくひろがってゆくからな。——それはそうと、お前達は〝ボーイズ・ビー・アンビシャス〟という言葉を知っているか?」

——知っちょう、知っちょう、オレも——。

三人がほぼ同時にこたえ、優作が先をこすようにして言う。

「〝少年よ大志を抱《いだ》け〟やろ。クラーク博士が、日本を去る時に置きみやげとして残していった言葉や。たしか……北海道の農林学校での事やったかな」

「みんな学校で習ったとみえるな、そう、そのとおりや。その大志やがな、俺はその大志は、大空の中にあると勝手に思うとるんや。昼間は、青空の中に——そして夜は、星空の中に、とな」

『………』

ピーンとこないのか、三人は声も無い。

「だから俺は、できるだけ宙《そら》を眺めるようにしている。お前達も少しは夜空の世界に興味をもってみろ。一日が長く楽しめるようになるし、またそれによって、大志も大きく抱けるようになってくるというもんやぞ」

天の川が乳白色の色を湛《たた》えてくっきりと、かくもゆったりとした流れで、その全容を見せてきた。

「五郎さん、将来人間は、宇宙に向かって行けるようになるやろか？」

瞬時の静けさを破って、優作が夢のような話をどーんと打ち上げた。

「う〜ん、その可能性は十分にあると思うぞ。聞くところによると、ロケットの技術進歩はめざましいものがあるらしいからな」

「だったら、月旅行も夢ではないね」

今度は昭一が、話に乗って入る。

「あぁ夢じゃない。もしかしたら月どころか、火星や木星、土星まで行けるようになるかもしれんぞ。もっともそうなるには年月が相当にかかるだろうがな」

「それができるようになったら、宇宙人と会えるかもしれないね。——でも、宇宙人なんてホントにおるんやろか？」

がぜん興味がわいてきた昭一と優作が、それぞれ同じようなことを聞く。

「ついにくるところまできたか——。あぁ、俺はおると思うぞ。とにかく宇宙は、無限大と言っていいくらいに広い。太陽系のような群団は、それこそ数百万とあるだろうからな」

——えっ‼　そんなにも……。

「この地球のように、住める条件さえそろえば、生物がいたとしてもおかしくはない。それに月はまだしも、火星には運河が見えるという説もあるし、もしかしたら火星人が住んでいるかもしれんぞ」

「そっ、それなんやけど、火星人は、どの本を見ても、頭がくらげみたいにでっかちで、足はタコのように描かれているばってん、それって何か意味があるんやろか？」

「それっちゃ、火星人を見た者はまだ一人もおらんというのにね」

「おい悟っ、みんなで夢のある話をしているというのに、先程からお前の声が一つも聞こえんがどうかしたのか？」

昭一と優作の話をかるくかわして、五郎は自分の隣の隣で一人黙り込んでいる悟に声をかけた。

「う～ん、それが……ちょいとしたことを思い出してね」

「なんだ？　よかったら話してみろ」

「じつは、犬のことなんやけれども――。名前をエルといって――」

「あぁ、エルのことならようく知っているぞ。たしか、二つの家を行ったり来たりしているんだったな」

「それが、昨年の秋からばったりと来んごとなったとよ。それでどうしてなんだろうと、思いに耽《ふけ》っとったと」

「あのエルが……悟の家に来なくなったのか……」

「あれっ、五郎さん、エルを知っとったんね？」

おもいのこもった五郎のつぶやきに、昭一が不思議そうな声で訊く。

「こうりゃ、俺だって一人前に、緑が丘の人間なんだぞ。当たり前のことを訊くな。エルのことなら大体知っとるわい。それに遠賀《おんが》川に泳ぎに行った時、悟が何度もエルを連れてきた事があるからな」

――五郎さんったらもう……。

声には出さなかったが、悟は目にいっぱい涙を浮かべて笑いだした。五郎が言った、「エルを知らなきゃ、緑が丘の人間じゃない」といったふうな言葉が、普段が真面目《まじめ》な人だけに、どうにも可笑しく、そして嬉しかったのだ。

「――エルと一緒に泳いだ時、五郎さんはまさか、エルに犬かき泳ぎを教えてやったんやないやろね？」

くすくす笑いながら、優作が珍問答の球をふわりと投げ上げた。

「おっ！　おいおい、それは……」

いきなりの変な問いかけに、五郎といえども、さすがにうまい答えがすぐには見つからない。唸り声をひと声もらして、きらめく星の世界に瞳《め》を泳がせだした。

三人は声をひそめて、五郎の名答をそわそわと待つ。

それほどに待つまでもなく、五郎は自分のほっぺをピシャリと叩いた。蚊《か》を叩いたのではなく、どうやら答えが浮かんできたらしい。のどをごくりと鳴らして、五郎は言いだした。

「――犬かき泳ぎは、もともと犬の方が本家本元で、教えてやろうにもエルは聞く耳を持たんやろ。で、俺はエルに背泳ぎを教えてやろうとしたんや。ところがどっこい――。さてこの先、お前達はエルがどうしたと思うか？」

今度は五郎が、逆に珍問答の球をぽいと投げ上げた。

「エルが背泳ぎ……？」

「そんなこと……」

「う～ん……」

五郎がそうしたように、三人共が両手を頭の下で組んで、天の川に瞳を泳がせる。

「分かったばいっ」

最初に悟が声を上げた。エルのことならおまかせとばかりに自信満々に言う。

「エルは、『バカおっしゃい』とひと声上げて、そのまま五郎さんの前から、得意の犬かき泳ぎでトンズラこいた――」

――そうや、そうや。

昭一と優作が悟の答えに同調し、みこしをかつぐような声を上げる。

「お前達は……うっふっふっふ……」

腹を波打たせて、五郎は笑いだした。

「もしもお前達が犬だったとしたら、きっとそうするやろな。どうせ凡犬《ぼんけん》もいいところやろうからな」

「凡犬……。なんねそれっ?」

昭一が首をねじって聞く。

「並みの犬というこっちゃ」

「ありゃりゃ、それやったらオレ達は、ちょいと脳足《のうた》りんみたいに聞こえるやん」

「エルにくらべての話や。まぁそんなに気にするな」

さらりと言って、五郎は皆をけむに巻く。

「五郎さんっ。どうせオレ達はエルよりも頭がワルいっちゃろうから、まっそれはいいとして、エルの背泳ぎの話はどうなったんね?」

くるりと身体を反転させて、悟が「ひねくれ球」をズドンと投げる。

「おうっ、そうだったな」

にやりとあごをくずして、五郎は話しだした。

「――背泳ぎをさせるために、俺はエルを横抱きにして裏返しにしようとしたんや。ところが、エルは背泳ぎがよほどに苦手だったんやろう、どたばたと暴れまわって、俺の方が逆に裏返しにされてしまった、というわけや」

さもありなんと、三人はじつに素直に頷く。

「でエルの奴、俺の腹の上に乗ってきたところまではいいが、腹の上で尻尾をシャバシャバさせて、祭りのおみこしみたいにワッセワッセと音頭《おんど》をとりやがる――。それはもうイヤというほど、ワルのりをされてしまったわい」

「キャハァ！　ご、五郎さんっ」

「ウフフフ……」

「もっ、もうもう……」

見事な五郎の「返球」に、三人は声を上げて大笑いし、昭一と優作は、両隣りから五郎の脇腹をこれでもかとくすぐりかけてやる。


「――ところで悟、エルはいま何歳になるんだ？」

笑いがおさまったところで、五郎は真面目な口調に返って聞く。

「え〜と、八歳」

「――まだ老いぼれる年でもないなぁ……。あれだけ通っていたエルが、昨年の秋から一回も来んのか、う〜ん……」

一声唸って、五郎はそのまま黙り込んでしまった。

「エルの顔が見れんと思っていたら、もうそんなにもなるんね」

「あと二、三カ月でもう一年になるやん。」

昭一に続いて優作が、誰に話しかけるともなく言う。

「あのう……」

言いにくそうに、悟がぽそりと声を上げた。

「さっきからずうっと星を見ていたんやけれども、一つだけ、オレに盛んに話しかけてくる星があるんよ。それがなぜだかエルのような気がしてならないと」

――ハァー!?

ざわと草を鳴らして三人は、いっせいに「ウソやろう」といった声を吐く。

「エルが、星になってるちゅんね?」

ざわめきが続く中、悟の隣に寝ている昭一が、バカバカしいといった顔でもう一度聞く。

「あぁ、信じてもらえないかもしれんが、あの星の瞬《またた》きは、エルがオレに話しかけてくる時に動かす、鼻かぶらの動きとまったく同じなんや」

「星の瞬きが……」

「鼻かぶら……の動きと同じ……」

昭一と優作は、悟の言った言葉を小さな声で反芻《はんすう》し、五郎はただ瞳《め》を宙に迷わせる。

「エルは、間違いなく星になっているんや。さっきエルの話をはじめだした時、その星の瞬きがまた一段と輝きを増したのが何よりの証拠や」

「悟ちゃん、その星はどこにあるんね?」

身体を寄せながら、昭一が聞く。

「――ほら、あそこや。天の川のすぐ近くで、仄《ほの》かに蒼白《あお》い光を放っている――」

三人がよく見えるようにと、悟は腕を必要以上に高く伸ばして教えてやる。

「あまりにも星が多過ぎて、とてもじゃないが分からんばい」

早々と優作が匙《さじ》を投げる。

「そうかもな。あの星の瞬き――光の波長はオレだけにしか見えんのかもしれん」

「おい悟っ」

静かにしていた五郎が、やっとに口を開いた。

「先程から、お前はこざこざと妄想《もうそう》めいた事を言うとるが、俺はまだエルは生きていると思うぞ。生きているからこそ、エルはお前の言う、エル星とやらを経由してお前に話しかけているんや」

悟に希《のぞ》みを持たせるためもあるのだろう、五郎はつとめて明るい声で言う。しかし、その言葉とは裏腹に、心の中ではエルはもう星になって、星の世界の中で生きている、と思うようになっていた。

「おい、今週の土曜日の晩にまたここで会う事にしよう。その時は、どうせなら大勢の仲間でやって来い。宇宙の話や星座の神話なんかを、俺の知っている限り話してやるからな。悟はその時にまた、エル星とじっくり話をすればいい」

五郎はやる気満々に、今度は天文学を教えてやると言う。

「――というところで今日は、この辺でそろそろ家に帰るとするか」

言いながら、早くも五郎は上体を起こしにかかった。

「ちょっ、ちょっと待って――」

「もう少し、ここに居ようよ」

昭一と優作がひきとめ、五郎をむりやり元のままに寝かせてしまう。

「そうっちゃ、こんなに楽しいのに、帰るなんてもったいないよ」

悟も一枚加わって、まだ帰らないという。

――三人を星空の世界に誘ったのは、やっぱり正解だったごとあるな……。

快《こころよ》い笑いを宙《そら》に飛ばして、五郎はこころゆくまで天の川を泳いでゆく――。

奇跡的な再会

新品の学生服に、新品の白線入りの帽子。

悟は中学一年生になった。六年前に弁財天様の境内《けいだい》から遠望し、青雲の将来に夢を馳《は》せらせた、あの丘の上のN中学校である。

三校の小学校から新入生が一堂に集まって、クラスの数は十四組。悟はその十四組に組みされた。悟はぐるりと教室内を見まわしたが、知った顔はほんの五人程しかなく、あとは見たこともない新しい顔ばかりだ。

一週間が過ぎると、悟は机が隣り同士になった大石道彦とすぐに仲良しになっていった。道彦は小鳥に凝《こ》っているらしく、ヒマさえあれば、いつも小鳥の話をまわりの者に吹きまくっていた。現にいま、メジロとウグイスを一匹ずつ飼っているという。

はじめの頃、悟は小鳥にはさして興味がなく、かるく聞き流していたが、毎日のように聞かされているうちに、とうとう感化されてその気になった。

「ようし、ならばオレも一丁、メジロでも飼ってみるとすっか――」

緋鯉《ひごい》真鯉《まごい》が空を泳ぐ五月の初旬。悟は空《から》のメジロかごを風呂敷《ふろしき》でくるみ、足どりも軽く道彦の家に向かった。メジロを捕りに行こうと道彦に誘われたのだ。

――この頃、大企業、中小企業といわずすべての企業が好調に推移《すいい》し、国民の生活はそれなりに余裕を持てるようになり、ささやかながらも娯楽や趣味に手をひろげ、中でも小鳥を飼うのが一つのブームになっていた。メジロを主として、ウグイス、ひばり、ジュウシマツ等々。しかし、小鳥を飼うという一大ブームは、数十年後には、愛鳥家達の運動で法の規制が厳しくなり、次第に下火になってゆく事となる――

意気も揚々《ようよう》と、二人は道彦の家を出た。道彦は、囮《おとり》のメジロが入った鳥かごを風呂敷で包み、とりもちが入った小さな容器をポケットの中に忍ばせている。

しばらく歩いて、二人は山手炭鉱の工員兼家族浴場の前まできた。湯のかおりがほのかに漂《ただよ》ってくる。なつかしい匂いに、悟はつい足の動きを止める。

――この場所でエルと別れ……いつもエルは、東への道をてくてくと帰っていった……。

悟は今、その道を辿《たど》っている。

浴場の前を少し進んだところで、これまでとはがらりと様子が変わって、二人は丘の上のような場所に出た。前方は広々とした空間で、足もとからすぐ下は、急激な下り坂となっており、足場の悪い道がだらだらと長く続いている。また右手の斜面を少し下った処には、大きなグラウンドがあり、朝の早くから子供達が野球を楽しんでいる。

道彦は、その中に知っている者がいるからと、野球へと眼を注ぎ、悟は、これから行く事になっている景色をざーと見渡した。

坂道を下りきった処に、炭鉱の社宅らしきものがずらりと並び、その向こう側には小さな道が横切っていて、またその向こう側となると、自然そのままの広野が遠くまで長々と続いている。

二人は用心しながら、坂道をゆっくり下りてゆくと、社宅群の中を通って、車が一台やっと通れるくらいの道に出た。その道を右側に少し歩いたところで、前を歩いていた道彦が足を止めた。

「悟、近道をして行くぞ」

この近辺は相当詳しいのだろう、道彦はすました顔で言う。早くも道から外れて、草むらの中にばしゃりと足を踏み入れる。悟は初めて来た土地なため、道彦の言うとおりにするしかない。黙ってうしろをついてゆく。

しばらく野原の中を進んだところで、前方を見つめたまま、道彦がちょこりと指を差した。

「悟、あの小さな木に止まっている鳥が、ホオジロというんや」

「あっ、ホントや。いつかみっちゃんが言ってたように、名前のとおり、ほおに白い斑点《はんてん》がちょこりとついているね」

いままでは道彦は、悟のことを呼びやすいためか、ただ単に悟と呼び捨てにし、悟は簡単にまとめてみっちゃんと呼び、お互いに親しい仲になっている。

「悟、もしかしたら、この辺にホオジロの巣《す》があるかもしれんぞ。探しながら行こうぜ」

木の小枝を拾うと道彦は、早くも巣のありそうな茅《かや》や草の茂みなどを掻き分けだした。悟もそれにならって小枝をひろうと、見よう見まねで少し離れたところを、ぼちぼちと前に進んでゆく。

しかし、巣はなかなかに見つからない。

「や～めたっと」

悟は早々と諦めた。もともとがホオジロなんかに興味があるわけではなく、それにかわって蝶々やバッタと戯れながら、道彦のかなり前をゆらりゆらりと進んでゆく。

（――みっちゃんは……？）

二人の距離が気になり、悟はふり返ってみた。――まだ根気よく探しまわっている。

（しぶといやっちゃな。ホオジロのどこがいいっちゃろ、雀とそっくりで美しくもなんともないというのに……）

呆れかえった顔で首をかしげ、悟はいま歩いてきたばかりの方角に目を向けた。

いびつに歪《ゆが》んだ野原の向こう遠くに、点々とある家々の屋根が周囲を緑に包まれて、ずいぶんと小さくなってかすんで見える。再び悟は前進をはじめた。草の深さは膝小僧ほどにあったが、野山での遊びですっかり慣れているため、平気な顔でずんずんと前に進んでゆく。ちょいとした草深い林のような前まできた。それでも臆することなく中に分け入ってゆく。少しすすんで苦もなく足場が平らな場所におどり出た。

（あれっ⁉……）

妙な感覚――やわらかな感触を足に覚えて、悟はそろりと足もとに目をやった。――草が短く刈《か》りとられて、きれいに手入れされている。

じわりと目を上げ、悟はその目をゆっくり前方にのばしていった。五メートルほど先に何やらがぽつんと立っている。

（なんかいな……？）

大して考えもせず、つかつかと近づいてゆくと、悟はそれをかるい気分で見た。そして――のどから、霞《かすみ》のような声をしぼり出した。

「……エルー……」

目をエルに注いだまま、その前に崩《くず》れるようにひざまずくと、悟は声と同様、霞のようになった白い頭の中で何度もくり返しエルを見た。――しかし、何度見ても、「エルの墓」に相違なかった。

エルの墓標は、高さが五〇センチほどの薄板で、おそらく長い月日の風雨に晒《さら》されたのだろう、かなりに干《ひ》からびてはいたが、それでもエルの墓と記された文字は、いろあせる事なくはっきりと読み取る事ができた。

（――ここで眠っていたのか……。やっぱりお前は、星になって、星の世界で生きていたんだ――）

エルと話をするために、悟は両手を合わせて目を閉じた。しばらく語りかけたあと、最後に夢の中で会う事を約束して、やっとに目を開けた。とひらひらと、黄色いものが目にとび込んできた。蝶々だ。墓標の上で舞っている。

見るともなしに悟はぼんやりと見た。蝶々はもったいたらしく、ほんのちょっぴり舞を見せたあと、すぐ近くの野花の群れの中にとけ込んでゆく。

野花のもとにいって、手にいっぱい花を摘《つ》みとり、エルの墓前に手向《たむ》けてやる。

（おっ！　そうか花や——）

「じゃあエル、夢の中で、きっとだぞ」

再度約束を交《か》わして立ち上がると、悟ははじめて前方の景色に眼をやった。それほど離れてもない処に家が一軒建っている。

（あの家が、エルの第二の里家か……）

周辺を見まわして、すぐにそうだと分かった。他には家が一軒も無かったからだ。

（どうしようか……。エルの話を少しでもいいから聞きたいんやけれども……）

心を決めかねながら、悟はうしろを振り返った。道彦の姿は——まだ無い。悟は家に向かって歩きだした。垣根のない庭を通って、玄関の前まできた。と、

「お〜い悟ー、先に進むぞー」

林の中から顔を出して、道彦が無情の声で呼びかけてきた。

「う〜ん……」

エルの里家を目前にして、悟はうしろ髪をひかれる思いで、道彦のもとへと走っていった。

野原の中から抜け出て、二人は道に出た。

「おい悟っ、急に元気がなくなったごとあるが、何かあったのか?」

いくら話しかけても生返事をくり返す悟に、道彦はくるりと身体を反転させて聞く。

「いま……いや。なんでもない」

先程エルの墓と出会ったからだと、言葉がのどまで上がってきたが、悟はそれをごくりとまたのみ込んだ。──墓の話をしても、エルの幼少の頃から話さなければ意味が通らず、それが面倒くさかったからである。

「メジロを二匹捕って、それを二人で山分けにしようぜ」

悟を笑わせようと、道彦はわざとにふざけて言う。

「あぁ……。(──ならいいけんどが)」

二人は山をのぼりはじめた。人間がやっとに通れるような道だ。のぼってゆくにつれて、樹々の匂いがだんだんとみどり濃くなってゆく。

「悟、いい場所があったぞ」

ゆるやかな斜面を見下ろして、道彦は満ち足りた顔でひとり頷く。斜面を下りると、二人は早速罠《わな》作りにとりかかった。悟は、ただ傍で見物するだけであったが──。

小枝を一本折ると、道彦はその枝をくるくるまわしながら、唾《つばき》を吹きかけてくまなく濡らかせだした。そのあと持参のとりもちをぐるぐると巻きつけてゆく。

「みっちゃん、どうして枝を濡らすんね?」

「濡らしてやると、あとでとりもちを回収《かいしゅう》する時に楽に取り戻せるんや。濡らさないままに巻いてしまうと、粘り着いてしまってどうしょうもない事になる」

「ふ〜ん（さすがに小鳥の先生や）」

仕掛けが終った。

「あとは見てのお楽しみや。メジロが罠に止まったら、途端にぴらりと逆様の宙ぶらりんこになっからな」

「宙ぶらりんこ……」

「悟、風下《かざしも》に隠れて見物するぞ。メジロちゃんに気付かれたら、せっかくの苦労が水の泡になるからな」

「風下……？」

悟はぐるりと周囲を見まわした。――葉っぱの一枚もゆれていない。

「みっちゃん、風はピクとも吹いとらんばい。風下もへったくれもないやろ」

「――そこや、そこが本ちゃんと素人《しろうと》との違いというもんやろ。風は吹いてなくても、木は休まず呼吸をしているんや。その吐かれた息が川の流れのように、上から下に向かって流れとるんや」

「あん！　木の息が、上から下に流れている……（こりゃまたみっちゃん、ホントにホントの大先生や）」

二人は道彦の言う風下にゆき、そろりと木の陰に身をかくした。二人の期待にこたえて囮がさえずりだした。

待つまでもなく、メジロが一匹姿を現わした。囮にちょんちょんと近づいてゆく。

「そうら、カモちゃんがやって来たぞ」

大先生といえども、やはり興奮するものらしい。早くも道彦はポーと顔を紅《あか》らめている。

「悟、カモちゃんから目を離すんじゃないぞ。もうすぐ宙ぶらりんこになるからな」

「うん」

「キリキリキリ……」

囮が急に変な鳴き方に、声を切り変えた。

「キリキリキリ……」

やって来たメジロも、同じような鳴き方でそれにこたえる。――囮のまわりをちょんちょんと動きまわるが、肝心《かんじん》の罠にはなかなか止まらない。

――止まれっ、止まれっ、止まるんだ……。

手を握りしめて、二人は心の中で叫ぶ。しかし、いくら待てども、止まる気配がない。

「――もしかしたら、囮の奴がカモに罠のことを教えてやったのかもしれん」

道彦は小声でため息まじりにこぼす。

「まさかっ！」

おもわず悟は声を吹き上げ、木の陰からヒョイと顔をのぞかせた。とメジロと目と目がパチリと合った。メジロは別におどろきもせず、続いて顔を出した道彦との二人を、白い目でチクリと睨み据えたあと、囮に別れの言葉を一声残して再び緑の世界へと帰っていった。

「アホー、アホー」

頭上高くから、カラスが声を落してきた。

「みっちゃん、カラスが嗤《わら》っちょるばい」

「……」

大先生、声もない。

囮は鳴りをひそめたまま、いつまで待ってもさえずりを再開しようとしない。しびれを切らせた大先生、ついに舌を器用にあやつらせて、メジロの鳴きまねをやりだした。囮に「もう一度仲間を呼べ」と促《うなが》しているのだ。――が、囮はチーともスーとも鳴かない。

「ちきしょう、カラスどころか俺のメジロまでが、この俺をバカにしていやがる。どうもここは場所が悪いらしい、ちょいと場所を変えてみよう」

二人はさらに山深くに入り、今度は時間をたっぷりかけて、じりりと待った。――しかし、カモは一匹もやって来ず、とうとう二人は、宙ぶらりんこを一度も目にしないままに、山からすごすごと下りていった。意気消沈、山裾の小道を歩いて帰る。

「みっちゃん、やっぱりカラスが嗤っちょったとおりになってしまったね」

「――ったくや。メジロにバカにされるわ、カラスにバカにされるわ、んもっ、もう」

道彦は怒りにまかせて足もとの小石を思いっきりに蹴《け》とばした。と、足がつるりとすべって道彦センセイ――自分が宙ぶらりんこになった。


縁に腰を掛けると、悟はぼんやりとエルの城を見た。エルがいつやって来てもよいようにと、今でも以前と同じ場所に置いてある。城の前では雀が数匹、楽しそうに遊んでいる。

その中の一匹に、悟は白い斑点《はんてん》をほおに描いてみた。あっという間に雀はホオジロになった。ホオジロは翼をひろげて空高くに舞い上がり、裏山を越えてエルの墓のもとへと飛んでいった――。

――どうして自分は、人が近寄りそうもない、あんな辺鄙《へんぴ》な処に行ったんだろう……。

たとえみっちゃんが連れて行ったにせよ、だ――。

考えれば考えるほど、悟はエルの墓との運命的な出会いが不思議でならなかった。

「ニャ〜オ」

一声かけてチョビが縁にやってきた。が悟が考えごとをしているのを察したのだろう、おとなしく横に座って相手にしてもらえるのをじーと待つ。

――エルの墓との、あまりにも奇跡的な出会い……。奇跡過ぎて、信じられないくらいに神懸かっている。エルが自分を引き寄せたのか、それとも神様が引き……ん‼

ぽわりと悟の頭の中に光がともった。一昨年の七夕様《たなばた》の日の事がフーと頭に浮かび上がってきたのだ。あの日、短冊に〝エル姫よ、チョビ彦が待ってるぞ〟と書いて、チョビと一緒に祈っている。

チョビを抱くと、悟はごろんと仰向けになった。

――星の女神様は、オレたちの願いを叶えてくれたんや。それにもしかしたら、エルも星の女神様に駄々《だだ》をこねたのかもしれん。どうか悟ちゃんを、私の墓に導き下さい、と。

――女神様はにっこり微笑んで、やさしくこう言った。エルよお前は、生前地球という星で、誰かれとなく生物のすべてを平等に愛し、その姿は宇宙の誰が見ても、清く正しく美しかった。それに愛《め》でて、お前の願いを叶えてやる事にしよう。悟少年もそれを願っていることだしの。そして女神様は、遠大無比《えんだいむひ》な構想をじっくりと練り上げ、組み立てだした。

（まずは手初めの下絵として、みっちゃんを選んで、小鳥の愛好者に仕立て上げる。次に中学一年生の時に、自分とみっちゃんを同じクラスにし、しかも机が隣同士になるようにする。そして小鳥を介して、みっちゃんと自分を親しくさせる。

一つ一つの作業に精魂《せいこん》込めて、星の女神様は丁寧に絵筆をすすめていった。

そして今日――

星の女神様が描いた会心の画《え》は、緑の風がそよぐ野原の中で、自分とエルとの再会を見事なまでに完成させた――）

「図星やろ、チョビ……。七夕様は……やっぱり、オレたちの願いを……」

とぎれとぎれに寝ごとを吐《こ》いて、悟はスーと眠りの世界に吸い込まれていった。

真夏のオーケストラ

一塁、二塁、三塁とすべての塁がランナーで埋まっている。九回の裏、二死満塁。一発が出れば起死回生の逆転満塁ホームラン……。

打席に入るのが、強打者として鳴らしているオレ様とあって、味方陣営はいやがうえにも盛り上がりをみせる。投手が球を投げるたびに、両陣営から歓声とため息が巻き起こる。

――2ストライク3ボールのフルカウントになった。

＊

双方の陣営がシーンと静まりかえり、勝負の一球を固唾《かたず》をのんで見守る。直球がど真ん中にスーと入ってきた。オレはおもいっきりにバットを振り抜く。心地よい感触が手に伝わって、打球がセンターめがけて飛んでゆく。大きな当たりだ。センターが懸命に背走してゆく。

一塁を蹴《け》ってオレは二塁へと走る。走りながら、白球が地で弾《はず》むのが見えた。オレは二塁をまわり、さらには三塁をもまわって、一気に本塁めがけて突進していった。

ワァー！

歓声と悲鳴がドーと入り混じって、球場全体が興奮の坩堝《るつぼ》と化した。喧騒《けんそう》が渦巻く中、球がセンターから内野に返って――捕手にと返ってきた。

「おっ！」

本塁寸前で、オレはあわてて急ブレーキをかける。捕手が追ってくる。オレは逃げる。球が三塁手へと移され、今度は三塁手から追っかけられる。完全に三本間に挟まれた。それでも必死に逃げまわる。が、ついに息が上がって、オレは足の動きを止めた。

捕手がニヤリと笑って、「勝負あった」のタッチをしようとした。と突然大きなものがとび出してきて、捕手に向かってとびかかっていった。

「うわっ‼」

捕手は、何がなんだかわけが分からない。ただ両手を上げてバンザイをする。オレはその間隙《かんげき》をぬって、頭から本塁に突入していった。

――………。

「あれっ？」

サヨナラ勝ちだというのに、両陣営から歓声もどよめきも起こらない。変な気分にとらわれながらオレは起き上がろうとした。が、なぜだか身体が動かない。

——走り過ぎたせいかな……？

仰向けになって目を閉じ、オレはちょいと疲れをとることにした。が数秒とたたないうちに、なぜだか急に顔がこそばゆくなった。たまらずオレは、そうと目を開けた。目と鼻のすぐ上に、ペロリと舌を出した大きな顔がある。

「エっ、エルー‼」

叫んだ反動で、オレは起き上がろうとした。だが金縛《かなしば》りにでもあったように、身体がどうにもいうことを聞いてくれない。エルは心配そうにオレの顔を舐《な》め続ける。

「くすぐったくてかなわん。大した事ではないからやめろっ」

エルはやめない。

「こうりゃ、エルっ」

ぐいと手で、オレはエルの顔を押しのけた。

「ニャオっ！」

「……ん⁉」

＊

むくりと上体を起こして、悟は「エル」を見た。——半身にかまえて……チョビが目の前に立っている。

「……夢だったのか……」

まどろみが覚めやまない中で、悟はぼんやりとチョビを見た。――怒ったような、呆《あき》れかえったような顔で、チョビはわざとに半身のかまえを解かないでいる。

「おぉチョビ。じつはいま、オレは夢の中でエルと会っていたんや。ところがエルの奴、オレの顔をしつこく舐めまわすんで、ちょいと押し返してやったら、じつはお前ちゃんの顔だったというわけや」

「ニャ〜（に、それはとっくにお見通しだってんだ。なんせ悟ちゃんは、エルエルと何度も寝ごとをこいていたからサ）」

「チョビ、エルはとびっきりに元気にしちょったぞ。星の世界を走りまわって、知らず知らずのうちに足腰が強くなったんやろ」

「ニャ（らそっ）」

そっけなく返事を返してチョビは正座をすると、手を舌でぬらして、おもむろに顔の手入れをはじめだした。

「こいつめ……。あてつけがましく、押しやられた顔を手直しなんかしやがって――。こりゃチョビっ」

聞えないぷりしてチョビは、なんともすました顔で、自慢の顔の手入れを続行する。

家の西側、縁の梁《はり》に掛けてある鳥かごの中で、ちゅるちゅるとメジロがさえずっている。エルの墓と出会った日から一週間後に、やむなく小鳥屋さんで買った鳥だ。その日から早くも二カ月余りが過ぎようとしている。

メジロのすぐ隣では、チリンチリンと風鈴が涼やかな音をふりまいている。

「おろろ、メジロと風鈴の鳴きくらべか。こりゃまたおもしろい組み合わせなこと」

目の上の高さの両者に交互に目をやりながら、ふうと悟は息を吹きかけてやる。

「こうりゃメジロっちい、風鈴なんかに負けるんじゃないぞ。もっともっと鳴いて、涼しい風をここに呼びよせろ」

――ミーンミーン……

耳を澄ませて、悟は庭の木々に目を向けた。蟬《せみ》が――大勢で鳴いている。

「ありゃまっ、蟬までが鳴きくらべに入っていたのか」

蟬の声は空気のような存在で、普段は別に気にかける事はなかったが、気をつけてようくに聞いてみると、数種類の蟬たち全員が、一糸乱れぬ秩序を保《たも》って合唱――美しいハーモニーを見事に演じている。

――メジロと、風鈴と、蟬たちの混声合唱団……。それならオレも――。

机の中からハーモニカを取り出すと、縁に腰掛けて、まずは一発音を出してみる。

「ブービー」

――‼……

蟬たちが驚いて合唱をやめ、続いてメジロと風鈴が鳴りをひそめた。まわりが水を打ったように静まりかえり、ハーモニカだけの独奏となった。曲は、証城寺の狸囃子《たぬきばやし》。歌詞の情景を頭の中に描きながら、悟はその情景の中に入ってゆく。

証　証　証城寺
証城寺の庭は
つ　つ　月夜だ
みんな出て　来い　来い　来い
おいらのともだちゃ
ぽんぽこ　ぽんの　ぽん　………

鳴りをひそめていた蟬たちがぽつぽつと合唱をはじめ、メジロと風鈴が涼しい音色を奏でだした。皆に負けないように、悟はハーモニカを懸命に吹く。

ブーブー　ブカブカ　ブーブカブー

ミーミー　ジコジコ　ジージコジー
ちーちー　ちゅるちゅる　ちゅうちゅるりー
チリリン　チリリコ　チンチロリンー

真夏の昼間の大オーケストラ――。

リズムにのって、チョビがひょこちょこと縁にやってきた。悟が話すことができないため、黙ったまま隣に座る。悟は庭に目を向けたまま、チョビに目を向けることもなく、オーケストラの中の自分の持ち場に神経を注ぎ込む。

(みんな、結構やるもんだネ。せっかくだからボクは聴衆者のひとりになってやるか)

悟のもとから離れてゆくと、チョビは座敷の中央でのたりと横座りになった。ここからだとメジロや風鈴がよく見え、またみんなの音もバランスよく聴きとれるからだ。さすがに音に敏感なチョビの面目躍如《めんもくやくじょ》といったところか――。

オーケストラの演奏が二曲目に入った。曲は、浜辺の歌。

チョビがうしろで聞いているのを意識して、悟は一音一音に心を込めて吹く。

あした浜辺を　さまよえば
昔のことぞ　偲ばるる

風の音よ　………

――チョビは、まだ聴いているのかな……？

ちょいとチョビの様子が気になり、悟は身体をねじって、うしろ側に目を向けようとした。とその拍子にあごがつるりとすべって、おもいっきりに大きく音を外して吹き上げた。

「ブフヒィ～」

「ニャッ‼」

ビックリ仰天、寝ていたチョビはとび起きた。寝ぼけているのか、くるくる身体をまわして頭上をきょろきょろと見まわす。蟬が一勢に合唱を停止し、メジロと風鈴がそれにならって鳴りを止める。にぎやかだった音楽の世界が一転静かな世界になった。

「チョビ、またやっちまったわい」

「………」

チョビは聞こえないぷりして、なおも頭上をきょろきょろと見まわす。

「どうしたチョビ、何か探しているのか？」

「………」

チョビはこたえない。ますます瞳をキラキラさせて、きょろきょろを続行させる。

「ウフフフ……。こんにゃろうめが――」

チョビのもとまで這ってゆくと、悟はチョビのおでこをちょんと突ついて、横になった。

「こうりゃチョビッ」

「ニャ～（んだいっ）」

とぼけたような顔で、チョビもころんと横になる。

「ウフフフ……」

「ニャ（ハハハ……）」

悟に合わせて、チョビも笑いだした。悟はごろんごろんと寝返りをくり返し、チョビは仰向けになって、くるくると独楽《こま》のように体を回転させる。

「ふう、笑いくたびれたがなもう」

「ニャ～」

チョビも同じらしい。即ことばを返す。二人は横向きになって向き合った。悟はまたまたチョビのおでこを突ついて、言ってやる。

「チョビのバ～カ。さっきお前は、まわりをキョロキョロ見まわしちょったが、もうどこにもおらんやったろが」

「ニャッ！」

ギクリとしてチョビは瞳の動きを止めた。ちょこりとまげていた手まで、そのままそこで静止させる。

(悟ちゃんは、ボクのからかい芝居を、はじめっからちゃ～んと見抜いていたんだ……)

ほほひげをピクピクさせて、チョビは照れくさそうに、悟の顔をまぶしそうに見る。

「――でチョビ、どうだった?。エルは相も変わらず、ピンピンしちょったやろっ」

「ニャ(ぬッ!。ナニそれっ……。ええっ……もっ、もしかしたら……)」

チョビの顔に、たちまち疑惑の色が浮かび上がってきた。疑い深い目で悟の顔を見る。

「エルは、お前がとび起きると同時に、あっという間に星の世界に帰って行ったがな」

悟は、チョビがエルの夢を見ていたものと、頭から決めてかかっている。そのためチョビの目の変化に気がつかない。なおも続けてからかいかける。

「チョビ、とび上がる時にエルの胸をひっ掻いたんではなかろうな。だったらいま頃、星の世界でエルは顔をしかめちょるかもしれんぞ」

(悟ちゃんは、ボクがエルちゃんと一緒の夢を見ていたとすっかり勘違いしてる……。ボクはねえ――)

呆れ返った顔でにょこりと起き上がると、悟の顔の傍までゆき、真上からキッと見下ろして、ホントのことをチクチクとたれてやる。

(――頭の上をキョロキョロと見ていたのはさァ。悟ちゃんがブヒィッと吹き上げた「おたまじゃくし」を探すふりをして、ちょいと悟ちゃんをからかってやったんだい。それがなんだい、ちょいと高尚《こうしょう》な芝居をこいてやったら、エルちゃんとの夢と間違えちゃって――)

悟のおでこをちょこりとひっ掻いて、チョビは抜かりなく、先程悟に突つかれたおでこのお返しを、きっちりと返してやる。

「チロリン」

風鈴がペロリと舌をゆらかせた。

「ちゅるる」

続いてメジロがのどをふるわせる。

「ミーン、ミーン……」

あわてて蟬たち全員が、腹を一勢にゆすりだす。風がそよそよせせらぎだして、再び水入《みずい》らずの競演――オーケストラの演奏がはじまった。

ミーミー　ジコジコ　ジージコジー
ちーちー　ちゅるちゅる　ちゅうちゅるりー
チリリン　チリリコ　チンチロリンー
グーグー　スヤスヤ　スースカスー
ゴロゴロ　むにゃむにゃ　スースカスー

悟とチョビは、いつしかぐっすり夢の中――。

エピローグ

――そして、五十年後――

うららかな春四月。悟はチンチン電車を緑が丘の駅で下車すると、線路を踏み切って、勝手知ったる細い道の中に入っていった。が一分と歩かないうちに足の運びを止めて、茫然《ぼうぜん》と前の風景を見た。

昔は、ここから先は裏山の裾がひろがっていたが、現在《いま》は山自体が完全に無くなり、かわって平地にされた土地に、新しい家屋が軒《のき》を連ねてひしめくようにして建っている。

この近辺が変わっている事は、風の噂でそれとなく聞いてはいたが、これほど激しく変わっていようとは思いもしなかったのである。

――俺は、浦島太郎か……。

時の流れの疾《はや》さに驚きながら、悟は新しくできている道を、生まれ育った我が家の跡地に向かう。じつに三十年振りの「帰郷」である。

——あの王様は……？

昔の記憶をたよりに、裏山の王様だった楠《くすのき》がまだ残っているか見まわしてみた。——どこにも無い。

——ふる里の山が無くなり、そして思い出がしみ込んでいる樹が消えてゆく……。

感傷にひたるひまもなく、悟は風通しのよい通りに出た。右側にかなり広い空き地がある。誘われるように足が勝手に動いて、その空き地の中に入ってゆく。

——歩いてきた距離や方角から、どうもここが我が家の跡地のような気がするが……。

身体をゆっくりとまわして、何か記憶にあるものはないか見まわしてみた。——どこもが同じ高さの平地になっていて、心当たりのあるものは何も見つからない。釈然《しやくぜん》としないまま、近くにある家の標札を一軒一軒見てまわった。どの家もが昔と家のかたちこそ変わっているが、標札の文字は忘れもしないなつかしい名前ばかりだ。

——やはりこの空き地に、俺の家はあったんだ——。

再び空き地にひき返すと、悟はおおよその見当をつけて、我が家が建っていただろう場所にゆっくりと座った。足下の土を指でつまんで、そうと匂いを嗅いでみる。——気のせいか、いまは遠き日々の匂いがかすかに残っているような気がした。

しばしの間感慨に浸ったあと、悟はやっとにエルに心で話しかけた。

「エル、俺はいま、昔お前と過ごした家に帰って来たぞ。夢の中で約束したとおり、お前とのことをぽつぽつ思い出しながら、いまからお前の墓まで歩いて行くからな」

悟は腰を上げた。昔なじみの家々の間を通って、新堀川の水門の前に出る。

——炭鉱がない現在、さぞかし美しい水が流れているこっちゃろ。

何の疑いもなく、道の端から首をのばして川を見下ろした。と見た途端思わず声をもらして、悟は自分の目を疑った。もう一度首をのばして、今度は眼を凝《こ》らしてじっくりと見た。やはり、水は一滴も流れていない。それに代わって雑草がはびこり、新堀川を占領、幅《はば》をキかせている。

首をひねりながら、土手の反対側にある笹尾川まで行ってみた。流れている。美しい水が蕩々《とうとう》と流れている。しかも昔よりも川幅がぐんとひろくなり、岸辺まできれいに手が加えられている。水門の架台《かだい》はと見ると、水門の調節は人力作業であったものが、いまは遠隔制《えんかくせい》御《ぎょ》方式にと近代化されている。新堀川に水が流れていないのは、新堀川と笹尾川がもともと上流の方で一筋の川であるため、何らかの理由で、川の流れを笹尾川一本に統一したからであろうか。そんな疑問を胸に、悟は土手に向かった。

土手は、きれいに舗装されていて、道の片側には立派な歩道があり、夜でも安全に歩けるようにと、適当な間隔を置いて外灯が設けられている。

歩道を歩きながら、ふうと悟はある期待を頭の隅によぎらせた。がすぐにぷるんと頭を振って、それをふり払う。土手がこんなにも改造されている現在、いまでもそれが残っているなんてとても考えられなかったからである。それでも万が一の望みを抱いて、一歩一歩とそこに近づいてゆく。そして――

悟はその万が一を見た。昔なつかしいあの小さな竹藪が、土手の中腹にいまでもまだにしっかりと生き残っていたのだ。草々にまわりを囲まれながら、数十年と経ったいまでも、竹藪は必死に生き続けていたのである。

腰を沈めて昔そうしたように、悟は竹藪――「ウグイスの館《やかた》」を童心にかえって見た。子供の頃の竹は、天に向かって颯爽《さつそう》と背丈を真っすぐのばしていたが、現在《いま》は弱々しく腰くだけになって、何かいまひとつ元気がないように見えた。

――植木屋さんにちょいと手を加えてもらったら、またもとの元気な姿にかえるだろうに……。

思い出深い竹藪だけに、竹藪の将来を案じつつ悟は腰を上げかけた。とすぐ近くから、のどかな声が聞こえてきた。

「ホーホケキョ」

――ウグイス……か。のん気に春のうたでも唄っ……うん!!

歩きかけた足を、悟はじわりと止めた。唄が聞こえてきたあたりを見るともなしに見る。

――いま鳴いたのは、ひょっとしたら、「ウグイスの館」に棲《す》んでる藪ウグイスではないのか……。むろん子供の頃に見た鳥からは、代が何代もかわっているのだろうが――。

この竹藪に、ウグイスが永遠に住み続けられる事を祈って、悟は土手を先へと向かった。

昔と違っていまは、歩道の横に鉄柵が設けられているため、そう簡単には下に下りてゆく事ができない。そのせいもあるのだろう、草は伸びたい放題に伸びている。

――昔はエルと一緒に下まで下りて、春にはれんげの花でエルに首飾りを作ってやり、エルを大いに喜ばせてやったもんだが……。

鉄管橋がちらほらと見えてきた。

――あれれっ！……。

変な違和感を覚えて、悟は一瞬歩みを止めかけた。が気をとりなおして、そのまま歩を進めてゆく。橋の全体像がはっきりと見えるまでになってきた。

――橋が……。

なんと、土手の中腹まで沈下したかたちになっている。橋の正面までゆくと、悟は東側の橋を道路の上から眼下に見下ろした。橋自体は昔とちっとも変わってはいない。通路の踏み板もそのままに残っている。

橋まで下りてゆこうと、階段を探してみた。が、それらしきものはどこにも無い。

――もう渡る事はできないってことか。――エルがいつも先頭で、そのあとを母と姉と自分が用心しながら渡っていったものだが……。

浴場通いをしていた頃を、踏み板の上に思い馳せながら、悟はやむなくまわり道を余儀なくされた。


すぐ目の前にある弁財天様《びざいてんさん》のある方へと向かう。昔は道が弁財天様の東側にあったが現在は無く、それにかわって新しい道路が西側の高所にできていた。

弁財天様は、三方を緑の木々に囲まれていたが、かつての広々とした境内は夢の跡と消え、現在は新しい道路のすぐ傍に、こじんまりとしたかたちでひっそりと祀《まつ》られていた。

何十年か振りに手を合わせて、悟は先へと向かった。

少し歩いて唐戸の水門の前まで来た。下を堀川が流れている。この唐戸は、子供の頃に少なからず疑問を抱き、その疑問が解けないままに、現在に至っているという謎に包まれた水門なのである。

――どうしてこんな川のこんな場所に、こんな立派な水門を造る必要があったのだろう。

その謎を解く掲示板《けいじ》が、水門のすぐ傍に建っていた。目を輝かせて、悟はそれを読んでみた。詳細に説明されているが、概略次のように記されている。

＝堀川は、遠賀川《おんが》と洞海湾《どうかい》を結ぶ人工の運河で、十二年の歳月を費やして宝暦十二年（一七六二）に完成している。唐戸は、遠賀川が増水すると、堀川の下流域を水害から守るために閉鎖され、また遠賀川の水勢に耐えることができるようにと、岩板の地を選んで構築されている。なお堰戸《せきと》も天井石の下は表戸と裏戸の二重構造になっていて、上家《うわや》には堰板等の格納所も設けられている。堀川は開通以来、多くの貢米《ぐまい》船や石炭船で賑わい、ことに明治時代には筑豊の石炭輸送の動脈として、多い年には年間十数万艘の川ひろた舟が堀川を下っていった＝

――な～るほど、そんな深いわけと、昔は華々《はなばな》しい過去があったのか……。

ようやくに唐戸の謎が解けたところで、悟は次へと足を向ける。細い道を何度もまがって、元山手炭鉱の工員兼家族浴場があった通りに来た。炭坑と運命を共にしたのだろうか、現在は浴場の跡に新しい民家が建っていて、もう昔の景色は湯けむりと消え去っている。

――ここで……。

歩みを止めて、悟は足下を見下ろした。

――浴場に通っていた頃、エルと別れる時、いつも「明後日《あさって》もやって来いよ」と約束していたな……。

少し歩いて、坂道の上に来た。ここではかなり遠くの景色まで見る事ができる。昔は右側にグラウンドがあった場所だ。

悟は時間《とき》を忘れて、茫洋《ぼうよう》と風景を見た。昔は危なっかしかった「道」が、現在はゆるやかな傾斜の道路になっていて、まっすぐに下に向かって下りている。下りた先には民家が密集し、その少し先ではこの地域のシンボルでもあるかのように、巨大なビルが一つどかんと腰を据えている。さらに遠くに眼をやれば、小高い丘の上からビル群が、下界の景色を静かに見下ろしている。現在《いま》でこそ民家がずらりと甍《いらか》を並べて、いっぱしの「まち」を形成しているが、ひと昔前は人間の足を寄せつけない、自然あふれた野原だったのだ。

——これだけ大変身したら、エルの墓はもう無いのかも……。え〜いままよ、〝犬も歩けば……墓標に当たる〟だ。とことんまで行ってみよう。

悟は坂道を下りだした。ぽかぽか陽気というのに平日のためか、道の前後に人の影はない。

——じゃあ、久かた振りに——

エルと話をするように、悟は鼻歌まじりに唄いだした。

やーやーや　ややほーほーほ

天気が降ろうが　雨が降ろうが
風と共にやって来て
風と共に去ってゆく
その子誰だろ　誰だろね
もちろんそれは……
ちょいと間抜けな……

悟とエルの、「二人だけの詩《うた》」だ。

やーやーや　ややほーほーほ

木枯らし吹こうが　雪がつもろが
風と共にやって来て
風と共に去ってゆく
その子誰だろ　誰だろね
もちろんそれは……
とびっきりかしこい　エルちゃんヨ　ワンワンワン！

——エルが……！

合《あい》の手を入れたような気がふーとして、おもわず悟はそうとうしろをふり返ってみた。

完

青山すすむ（あおやま・すすむ）
新日本製鐵化学株式会社を年満退職。その後飲食店を経営するも三年後に病にて廃業。現在リハビリ生活を続けながら時折ペンを執る。
福岡県北九州市在住

星《ほし》になって

■

2014年4月28日　第１刷発行

■

著者　青山　すすむ

発行者　西　俊明

発行所　有限会社海鳥社

〒812-0023 福岡市博多区奈良屋町13番4号

電話092(272)0120　FAX092(272)0121

http://www.kaichosha-f.co.jp

印刷・製本　シモダ印刷株式会社

ISBN978-4-87415-907-1

[定価は表紙カバーに表示]

JASRAC　出 1404751-401